Vom täglichen Ärger

AF284061

Bruno Hans Bürgel (1875–1948)

Bruno H. Bürgel

VOM TÄGLICHEN ÄRGER

Ein Lesebuch

für Zornige, Eilige, Huschelpeter

und lächelnde Philosophen

Herausgegeben von Matthias Stark

Atelier – Galerie Stark

Matthias Stark, Jahrgang 1963, wurde in Radeberg geboren und lebt in Stolpen. Er ist Autor von Prosa und Lyrik, betreibt einen Internet-Blog und ist Mitglied der „Interessengemeinschaft deutschsprachiger Autoren" (IGdA) sowie im „Selfpublisher-Verband". Bisher veröffentlichte er in zahlreichen Anthologien sowie als Autor und Herausgeber mehrere Bücher.

Bibliografische Information der Deutschen Nationalbibliothek:
Die Deutsche Nationalbibliothek verzeichnet diese Publikation in
der Deutschen Nationalbibliografie; detaillierte bibliografische Daten
sind im Internet über http://dnb.dnb.de abrufbar.

Titelbild und Seite 2: Zeichnung von Gudrun Stark
Rücktitel: „Kater Findus staunt", Foto von Gudrun Stark
Lektorat und Korrektorat: Christiane Stark

Herstellung und Verlag: BoD – Books on Demand, Norderstedt
ISBN: 978-3-7528-6643-8

Inhalt

I. Die Bosheit der Kleinigkeiten

Von einem, der es „satt" hatte • Kleine Freuden und kleiner Ärger machen das Leben aus • Von fortrollenden Kragenknöpfen, verknoteten Schuhbändern, Löchern in den Strümpfen, unglücklichen Junggesellen, Wirrköpfen, Vergesslichen, Suchern und Pechvögeln • Verdammte Sekundenjägerei! • Denkmäler • Der Druckfehlerteufel • Ende eines Kragenknopfes • Berühmte Leute über die Tücke des Objekts und die Schuftigkeit des Zufalls • Großer Schaden durch kleine Dinge • Die verlegte Brille • Das Pech eines Afrikaforschers • Schirme als Heiratsvermittler • Im Fundbüro • Ein Hund kommt in üblen Verdacht • Kummer mit Zylinderhüten • Ein Meisterflucher • Verbummelte Fahrkarten • Wie man zu einer Frau kommt • Zerstreute Professoren • Die Frauen und die Kleinigkeiten des Alltags • Besitzen die Dinge uns oder wir sie? • Ein unanständiger Papagei • Die kleinen Freuden • Abschied und Wirrwarr.

II. Feinde ringsum!

Ärger über das Wetter • Kummer mit Tieren • Napoleon kann Fortuné nicht besiegen • Goethe und der Hund des Aubry • Onkel Hinrichs Hühnerfarm • Der Mann in der Konservenbüchse • Ärger mit Wanzen, Wespen, Kakerlaken, Ameisen und Fliegen • Ärger mit den lieben Nächsten • Jedem seine eigene Privat-Erde! • Flegel, Lärmbolde, Rechthaber, Klatschbasen und Dummköpfe • Kartoffelbrei im Gehirn • Verknurrter Gorilla • Fernsprechzellen, Krafträder, Benzinesel, Grammophon und Lautsprecher • Königliche Höflichkeit • Weshalb Tante Jule eine alte Schachtel wurde • Türen gehen auf und zu • Weinende Indianer-Häuptlinge • Die Höflichkeit der Wilden • Was der Eskimo Nanuk uns vorzuwerfen hat • Wie geht es Ihnen? – Der unsittliche Sittlichkeits-Drache • Klatschbasen • Neugierige • Der Ichneumon • In der Eisenbahn • Ein Fenster wird geschlossen • Musik, wo sie nicht hingehört • Gestörte Nachtruhe und eine Keilerei • Backpfeifen, die das Leben austeilt • Der lächelnde Weise.

I Die Bosheit der Kleinigkeiten

Es wimmelt in der Welt von verrückten Kerlen, aber einer der größten Narren war wohl jener Engländer, der sich, wie die Blätter berichteten, vor einiger Zeit erhängte, weil es ihm zu dumm und zu langweilig geworden war, jeden Morgen wieder all das anzuziehen, was er am Abend vorher ausgezogen hatte. Wer erinnert sich da nicht jener Schönen, die, umgekehrt, verbittert aus dem Dasein schied, weil sie nicht genug anzuziehen hatte! Bei ihrer Leichtfertigkeit und ihrem Hang, zu gefallen, hätte sie sich des bedenklichen Wortes des gefährlichen Casanova erinnern sollen, dass die wohlgestalteten Weibsbilder umso anziehender sind, je weniger sie angezogen haben!

Auf dem Tisch jenes Engländers lag, neben der Abendzeitung und den Resten eines bescheidenen Abschiedsmahles, ein Zettel, auf dem mit Bleistift gekritzelt war:

„Mitbürger! Ich bin nun 45 Jahre alt und habe mich in meinem Leben sechzehntausendvierhundertfünfundzwanzigmal an- und ausgezogen! Ich finde es blödsinnig und lächerlich, das noch weitere fünftausendfünfhundertmal auszuführen, abends die sechzehn Gegenstände abzulegen, um sie morgens wieder anzutun. Zudem! Lohnt es? Ich habe ja nun den Film des Lebensjahrzehntelang abrollen sehen; im Grunde ist es immer das gleiche Spiel, es erscheint mir langweilig, es noch anderthalb Jahrzehnte gähnend zu betrachten! Lebt wohl! Auf der Eastern-Bank habe ich noch 2380 Pfund liegen; ich vermache sie dem Asyl für alte Pferde und herrenlose Hunde."

Du lieber Gott, werden Sie sagen, was haben die Menschen für Sorgen! Aber ich will eben in diesem Büchlein den Beweis antreten, auf die Gefahr hin, für einen kompletten Narren gehalten zu werden, dass es gerade die kleinen Dinge des Alltags sind, die uns auf die Dauer so oder so um die Ecke bringen, wie es denn auch die kleinen Dinge sind, die uns beglücken und uns veranlassen, die Geschichte möglichst lange bei guter Gesundheit mitanzusehen. Um aber auf jenen verrückten Engländer zurückzukommen, so war er natürlich einer jener Junggesellen in höherem Alter, die nicht genug Gelegenheit haben, sich über andere Dinge zu ärgern, etwa über ein Weib, über die schlechten Zensuren seines Buben und über die Tatsache, dass sein Töchterlein sich nun auch schon heimlich die Lippen schminkt, Zigaretten raucht und mit den Augen zwinkert, wenn der forsche und ansehnliche....

Was wollte ich doch gleich sagen ... Ja, ich wollte sagen, dass jener Engländer eben ein spleeniger Junggeselle war, dem der vermaledeite Krempel der Kleinigkeiten über den Kopf gewachsen war, denn man fand in seinem Nachlass mehrere Dutzend Paar Strümpfe mit durchgebohrten Zehen, mit Löchern an den Hacken, durch die man eine Kartoffel hätte hindurchwerfen können; fand abgerissene Knöpfe, ausgefranste Hemdärmel, und auf dem Schrank einen rauhstruppigen Zylinderhut, in dem eine graue Hausmaus ihr Wochenbett bezogen hatte. "Das hat er nun davon!" sagte mit schlecht verhehlter Enttäuschung die noch immer ganz ansehnliche Wittib Chitterwick, die seine Nachbarin war und noch immer gehofft hatte... „Im Grunde", so philosophierte sie, „starb er an zerrissenen Strümpfen, abgerissenen Knöpfen etc. pp. desgl. usw.! Er starb den natürlichen Junggesellentod, den Tod des Weiberfeindes. Er hatte es über, weil er keinen über sich hatte! Der hinterlassene Zettel zeigt seine in Einsamkeit erstarrte Verworrenheit. Wie gut hätte er es haben können, denn in diesem Busen (und hier legte die Wittib eine höchst mollige, aber auch energische Hand auf eine umfangreiche Rundung) schlägt ein Herz...!"

Was mich selbst betrifft, lieber und ehrengeachteter Leser, so finde ich den Fall tragisch und aufschlussreich. Man wird sagen, dass dieser Mr. Sowieso nicht recht normal gewesen sei, aber was ist das „normal"? Und wer entscheidet darüber? War Julius Cäsar normal, der sich von dieser schillernden Schlange Kleopatra hinreißen ließ, in einem ganz unnötigen Kampf sein Leben und sein Werk zu riskieren und die unersetzliche Bibliothek zu Alexandria, das ganze Wissen über die Welt der Alten, in Flammen aufgehen zu lassen? War Napoleon normal, der in seiner Jugend um ein Haar Häusermakler geworden wäre, und den ein unersättlicher Machtwahn dazu treibt, Millionen Menschen zu opfern und endlich, von der kleinlichen Unteroffiziersseele Hudson Lowe geschurigelt, auf St. Helena endet? War Rembrandt normal, den jahrelang nur seine treue Magd Hendrikje über Wasser hält und der in ärgster Armut endete? Tolstoi, der im Alter Haus und Hof, Stiefel und Hemd verschenken will und in Nacht und Eis in den Tod flieht? Normal, hat einmal einer gesagt, sind nur treue und pensionsberechtigte Briefträger und Kanzleiräte. Das Leben ist ein verfilzter Klumpen von Freuden und Leiden, und gerade die kleinen Dinge des Alltags sind es, die uns erheitern und umbringen, denn das ganz Große ist viel zu selten, und mancher erlebt es niemals.

Eine große Zeitung hat einmal vor dem Kriege eine Umfrage gestellt, um herauszukriegen, worüber sich die Menschen freuen und was sie ärgert. Was kam dabei heraus? Lauter kleine Dinge, denn in normalen Zeiten regieren eben die bescheidenen Geschehnisse des Tages. Der eine freute sich über sein Gärtchen, der andere gab als Höhepunkt seine Sommerreise an oder das Spiel mit seinen Kindern, eine Gehaltserhöhung, seine Ruderfahrten an Sonntagen usw., usw.... Und worüber ärgerten sich die Leute? Nun, der eine über das verteufelte Hundegebell auf seinem Nachbargrundstück, der andere über Steuererhöhungen, dieser und jener über das Wetter, über Autos, über den Zigarettenrauch in der Eisenbahn, über Klatschereien seiner Nachbarn, über den unentwegten Klavierspieler in der Wohnung nebenan, und darüber, dass sein Weib unzufrieden sei mit der Bescheidenheit ihrer Lebenslage.

Nur selten streut Fortuna Gaben,
Naht Hades sich, der Fürchterliche;
Doch jeden Tag fast wirst du haben
Die Veilchen und die Mückenstiche.

Und schließlich kommt es darauf an, dass nicht mehr Mückenstiche als Veilchen für uns bereit sind, denn sonst wird das Leben ein schlechtes Geschäft, und unmutig drohen wir, „die Bude zuzumachen!" Ach, was gibt es nicht für kleine niederträchtige Teufeleien, die uns verärgern,

Wanzen, die an der Lebensfreude nagen, Bakterien, die uns trotz aller Winzigkeit mit Zorn, Erbitterung, Verdrossenheit infizieren. Man könnte Bände füllen, wollte man all diese hämischen Plagegeister, diese listigen Heimtücker, lumpigen, schuftigen, schamlosen, rüpelhaften Burschen an den Pranger stellen und aufspießen! Hol sie der Geier!

Ich weiß, dass ich unzählige, Millionen und Abermillionen Leidensgenossen habe, die das gleiche empfinden und empfanden von Tag zu Tag, und die, wie ich selbst, einen ewigen Krieg führen mit diesen Bestien. Es ist mir, wie ich diese Zeilen niederschreibe, als schütteten wir uns, lieber und ehrengeachteter Mitesser, als Kampfgenossen gegenseitig das Herz aus. „Geteiltes Leid ist halbes Leid und fördert die Erträglichkeit!" Du hast etwas Eiliges vor; Annette erwartet dich Punkt 6 an der Normaluhr, oder du musst aufs Gericht oder zu einer Sitzung. Annette ist ein reizendes Kind, aber sie tyrannisiert dich ein bisschen und ist empört, wenn du sie warten lässt. Und nun beginnt der Kampf! In der Eile bringt man sich mit dem Rasiermesser einen Schnitt bei, es blutet wie bei einem Schlachtfest; du rast umher, um blutstillende Watte aufzulegen, du keuchst, um in deine Unaussprechlichen zu kommen, in deine Schuhe. Zufällig reißt das Schuhband nicht, aber nun reißt die Hosenträgerschlaufe. Allmächtiger! Kramerei nach den Ersatzhosenträgern. Plötzlich siehst du, dass das Oberhemd einen ärgerlichen Rotweinfleck hat. Auch das noch! Wieder herunter damit; ein neues. Das Einbringen der Manschettenknöpfe (eine der teuflischsten Erfindungen, die je gemacht wurden!) wird zu einer Odyssee, dein Auge rollt in holdem Wahnsinn, Annette dürfte die der Soldatensprache entnommenen Flüche nie hören, ohne, wie Lots Weib, zu einer Salzsäule zu erstarren.

Es flieht die Zeit,
der Zeiger kreist,
Der Knopf springt ab,
Die Schlaufe reißt;
Gelump, Gelapp,
Es sperrt sich dreist.
O wär' ich weit; O wär' ich weit!

Schlüssel, Geld, Handschuhe ... hast du auch alles? Halt, die Armbanduhr! O Himmel, noch sieben Minuten! Du musst den Vorortzug erwischen; gewöhnlich kommt er fünf Minuten später, diesmal ist er auf die Sekunde pünktlich. Selbstverständlich, selbstverständlich! Du jagst wie ein angeschossener Eber durch die Gassen, die Leute schauen dir kopfschüttelnd nach; natürlich will sich das Schuhband nicht lumpen lassen im allgemeinen Wirrwarr, nun geht es auf, und auf unsicherem Schlappschuh schlurfst du dahin. Einem Herzschlag nahe, bist du denn doch noch rechtzeitig im Zugabteil, aber die Wunde blutet wieder, der Kragen hat sich bereits etwas angefärbt, die Krawatte ist verschoben, der Schweiß läuft dir in Strömen am Leib entlang, und nun wirst du auch inne, dass du das Taschentuch vergessen hast und die Zigaretten. Sei versichert, dass, wenn du pünktlich bist, Annette zwanzig Minuten später erscheint und harmlos und vergnügt versichert, dass sie vorher noch mit Lottchen eine Tasse Kaffee getrunken hätte; sei ebenso sicher, dass sie, wenn du dich verspäten solltest, längst da ist und dich mit Vorwürfen erwartet und der Feststellung, du sähest echauffiert aus, zerknautscht und zerknittert wie ein Gehängter, den man abgeschnitten habe. Bist du pünktlich, findest du an der Tür des Amtsgerichtes einen Zettel, dass der Termin heute ausfällt; bist du unpünktlich, wird dir der alte knurrige Gerichtsrat eins aufs Dach geben.

Wenn ich mir vorstelle, dass der oben mehrfach vermeldete Engländer in seinem Leben mindestens sechzehntausendvier-hundertfünfundzwanzigmal Manschetten-knöpfe ein- und ausgeklaubt hat, beginne ich ihn zu verstehen, und die Zähre des Mitleids steigt mir in die Augen. Es gibt Erfinder, die man noch nachträglich an den Schandpfahl stellen müsste. Zwei Metallplatten, lose durch eine kleine Kette miteinander verbunden, soll man durch vier lappig-weiche Knopflöcher bringen, wenn man das Hemd schon auf dem Leibe hat, oft die Beleuchtung völlig unzureichend ist! Mein Freund Hackbart, der ein böses Weib hatte und trachtete, es nicht zu erwecken, wenn er des Nachts aus dem „Schwarzen Ferkel" leicht chloroformiert zurückkehrte ins traute Heim, trug darum bis an sein Lebensende „Röllchen", von denen die vornehmen Leute sagten, dass sie nur von Menschen getragen würden, die auch nachts auf den Feldern Kartoffeln ausbuddelten. Es gibt Leute, die überhaupt nur geheiratet haben, um all den Widerwärtigkeiten dieser kleinen Dinge zu entgehen. Aber ist das ein Mann, der „die Hosen anhat", wenn er sie nur infolge des Umstandes anhaben kann, dass seine Eheliebste ihm all die abgerissenen Knöpfe wieder am rechten Ort befestigt? Hoch lebe darum der Erfinder des Patentknopfes, der keiner Nadel, keines Fadens bedarf, den man in einer Sekunde hineinpiekt, wo er hingehört. Wenn irgendein Mensch auf weiter Welt ein Denkmal verdient, dann der geniale Mann, der diese erlösende Tat vollbrachte. Natürlich hat er keins. Es ist ja mit Denkmälern überhaupt so eine Sache. Die Menschen stehen zuweilen davor und rätseln daran herum, welcher Dinge sich der Dar- und Aufgestellte schuldig gemacht habe.

Vor dem Senefelder-Denkmal. „Senefelder? Wer war denn das, Hermann?" „Keine Ahnung, Lieschen!"

Vor dem Denkmal des Friedrich List. „Du, das ist wohl der Komponist?" „Aber der hieß doch Franz und hatte lange Haare!" „Ja, wer ist es denn da? „Keine Ahnung, Lieschen!"

Vor dem Hebel-Denkmal. „Du, ist das nicht der, von dem wir das Stück gesehen haben: ‚Maria Magdalena'?" „Nee, der hieß Hebbel! Den hier kenne ich nicht."

Vor dem Diesterweg-Denkmal. „Diesterweg? Kennst du den?" "Nie gehört, Lieschen!" „Du weißt aber auch gar nichts, Hermann!" „Ich bin ja kein Lexikon, Lieschen!"

Ich meine, man könnte dem Erfinder des Patentknopfes wohl ein Denkmal errichten. Ich stelle ihn mir vor, wie er auf mächtigem Sockel den Blick zu den Sternen erhebt und triumphierend diesen Knopf der Knöpfe hoch emporreckt, ihn den Engeln anpreisend. Den einen Fuß hat er vorgesetzt, er stellt ihn auf Nähnadeln, Zwirnsfadenrollen, Fingerhüte und all den vermaledeiten überlebten Krempel, und unten am Sockel sieht man in prächtigen Reliefs einmal die alte Meiern sitzen, die bei der Petroleumlampe ihrem Heinrich Knöpfe an die

Hose näht, und das andre Mal kühn dahinmarschierende forsche Kerle, die die alte Meiern nicht mehr nötig haben. (Natürlich nur ganz bescheidene Vorschläge; ich will den begnadeten Künstlern nicht vorgreifen!)

Aber wir würden diesem ganzen Thema von der Bosheit der Kleinigkeiten nicht gerecht, wenn wir nicht das beherzigten, was mein Onkel Heinrich in Krauschen an der Schnarre immer zu sagen pflegte: „Die janze Nerviosität liegt daran, det de Lüde keen Tid mehr hebben!" Hat er nicht Recht? Wer von uns hat noch Zeit? Ein Gehaste und Gehudel, Geschiebe und Trara und eine üble Sekundenjägerei. Dem Peter Henlein, dem Erfinder der Taschenuhr, haben sie natürlich ein Denkmal gesetzt, weil er die ganze Gemütlichkeit aus der Welt herauserfunden hat. Vorher gab es nur solche alten Knarren, bei denen es auf eine Viertelstunde nicht ankam, und die Griechen und Römer mit ihren Sonnenuhren waren umgängliche Kerle, die immer Zeit hatten. Bedenken wir, dass erst um 1700 die öffentlichen Uhren den Minutenzeiger erhalten, dass der Sekundenzeiger erst hinzukommt, als Goethe schon ein alter Herr ist. Wer hat noch Zeit im Säkulum der Schnellzüge, des drahtlosen Dienstes, des Fernsprechers, der Autos und Flugzeuge, da uns an jeder Straßenecke die „Normalzeit der Sternwarte" zugerufen wird? Die Bosheit der Kleinigkeiten ist eine Aussaat des Teufels, die erst in dieser Epoche der Sekundenjägerei, der Maschine, der kalten Zweckmäßigkeit üppig ins Kraut schießen kann. Und hier wird der Scherz zum Ernst, hier liegt eins der Hauptübel unserer Tage, denn unser ganzes Denken und Empfinden wurde umgestellt.

„Der Mond ist aufgegangen,
Die goldnen Sternlein prangen
Am Himmel hell und klar;
Der Wald steht schwarz und schweiget,
Und aus den Wiesen steiget
Der weiße Nebel wunderbar.
Wie ist die Welt so stille
Und in der Dämmrung Hülle
So traulich und so hold!
Als eine stille Kammer,
Wo ihr des Tages Jammer
Verschlafen und vergessen sollt."

So sang vor langen Jahren,
Die noch voll Andacht waren,
Matthias Claudius.
Ein dröhnendes Gejage
Füllt unsres Daseins Tage.
Mit der Romantik ist es Schluss!

Mitbürger! Leidensgenossen! Lasst uns den Kampf aufnehmen gegen die Kobolde, die uns das Leben verbärmeln wollen! Gerade in diesen Tagen habe ich mich von einem Plagegeist befreit, der mich an den Rand der Verzweiflung brachte, nämlich von einem Kragenknopf, der an Tücke und Listigkeit Ungeheuerliches leistete und selbst mir gewachsen war, der ich nach langen Erfahrungen mit Kragenknöpfen, ihren Finten und Versuchen, uns durch passive Resistenz einzuschüchtern, abgehärtet bin. Äußerlich war er sehr ansehnlich; ich erstand ihn, weil ich derlei kleine Zierlichkeiten liebe. Wie lauteres Gold leuchtete der Kopf, schlank war der Hals, die Grundplatte aber bestand aus schillerndem, blauem Email. Mein Gott, wie oft im Leben täuscht man sich! Wie mancher hat ein bildhübsches Weib, „ein Mädchen, geschmückt mit allen Reizen der blühenden Jugend", wie Schiller sagt, erkämpft und ertrotzt und ist nachher ihren Listen erlegen, unter ihren Pantoffel geraten und hat sie als triumphierende Witwe zurückgelassen, als er müde und verbraucht vom Kampfplatz abtrat!

Was ich sagen wollte ... Entschuldigen Sie, ich verliere zuweilen den Faden ... Wovon sprachen wir doch? Ah, so, der Kragenknopf! Woran es lag, ich weiß es nicht, aber er verstand es meisterlich, aus dem Knopfloch zu entwischen und (sich die Kriegsbeleuchtung zunutze machend) ins Dunkle zu rollen, dort, wo es am schwärzesten ist, wo es zu einer Undurchdringlichkeit wird. Er bevorzugte Möbelstücke, die auf ganz niedrigen Füßen stehen, so dass sich keine Hand zwischen Fuß- boden und Schrank schieben lässt, kaum ein Spazierstock. Wenn einer, der gern wettet, mir folgende Wette bietet, ich würde sie niemals ge- winnen: Du darfst deinen Kragenknopf zehnmal neben dem Schrank niederwerfen. Rollte er einmal darunter, sind zwanzig Mark dein! Rollte er nicht darunter, sind zehn Mark mein! Nie würde das gelingen, ich verarmte dabei! Aber wenn ich es am Abend eilig habe, fort muss in ein Konzert, zu einer ... einer (nun, das ist privat und wird Sie nicht interessieren!), also dann fällt dieses Stück Unglück mit tödlicher Sicherheit zu Boden und verschwindet unter dem Schrank, unauffindbar für die nächsten vierundzwanzig Stunden. Oder aber er fällt lautlos ins Unbekannte, Geheimnisvolle, etwa zwischen Kissen und Bettrand, in einen Pantoffel, einen Strumpf, der eben der Wäsche übergeben wird. Einmal, ich wollte mit Klarissa zur Oper, es war schon spät, ich musste mich eilends umziehen, entglitt er so ins Wesenlose. Verzweifeltes Suchen, endlich Ersatz! Höchste Zeit! Ich fahre in meine Lackstiefel, sause davon. Allmählich fühle ich einen Druck zwischen den Zehen, er wird ärger, er verpfuscht mir den ganzen Abend. Kaum höre ich noch die herrliche Musik, die Arien der gefeierten Sängerin...

Da fällt mir eben ein ... Ich muss Ihnen das mitteilen, ehe ich es vergesse! „Sängerin". Auch so eine Teufelei! Was können so winzige

Dinge, wie es die Buchstaben in einem Zeitungsartikel schon sind, für Ärger schaffen! Eines Tages gastiert eine hochberühmte Sängerin an unserem Theater, eine Walküre, die einen feldmarschmäßig ausgerüsteten Soldaten mit dem rechten Arm hätte emporstemmen können, eine Madame, mit der verheiratet zu sein mir für jemand, der nicht Preisboxer oder Schwerarbeiter ist, untunlich und bedenklich erscheint. Ein gewaltiger Wogebusen erschien einen Schritt vor ihr selbst, wenn sie aus der Kulisse trat, ein Busen, der hingereicht hätte, sie zur Nährmutter eines ganzen Volkes zu machen. Am nächsten Morgen begrüßt sie der Redakteur für Kunst und Wissenschaft in der Zeitung mit den Worten: „Die größte SÄUGERIN, die je unsere Bretter betrat..." Was für ein gottverfluchter Druckfehler! Aber eine ganze Stadt bricht in ein kollerndes Gelächter aus, und in der Redaktion, Setzerei und Druckerei entladen sich elementare Gewitter; es kommt zu Beleidigungen, Entlassungen, ein winziger Buchstabe, ein Bleiklümpchen von der Größe eines halben Pfefferkorns, richtet Unheil an, unterbricht eine Karriere, stellt das Schicksal von Familien um! Ein Pünktchen, das auf der Netzhaut unseres Auges zu einer untermikroskopischen Winzigkeit wird, ändert unser Denken und Empfinden! Die beiden Sätze: „Hänschen, sagt der Lehrer, ist ein Faulpelz" und „Hänschen sagt, der Lehrer ist ein Faulpelz" enthalten die gleichen Worte in gleicher Folge und sagen doch Gegensätzliches aus: ist der eine berechtigte Kritik, so der andere die freche Bemerkung eines Lausbuben. Das aber ist es, was ich sagen will! Winzigkeiten entscheiden über Glück und Unglück in unserem Leben, über Freud und Leid, Ärger und Vergnügen. Bakterien können Elefanten umbringen.

Hol's der Geier, ich habe mich wieder völlig verplaudert! Ich komme mit großem Bogen auf den elenden Kragenknopf zurück. Sie werden schon erraten haben, dass er in meinen Lackstiefel gefallen war, um mich nach Möglichkeit zu piesacken. Ich ertrug den Druck nicht mehr, und während der Torero sein „Auf in den Kampf ..." schmetterte, zog ich den Stiefel aus. Zwei junge Damen in der Loge kicherten, ein Herr mit gefrorenem Gesicht sah mich mit seinem Monokel vernichtend an, Klarissa errötete und tuschelte mir ins Ohr, dass ich sie und mich hier vor allem Volk „zur Wachtel mache", zum Gespött eines verehrten Publikums, und dass ich anfinge, wunderlich zu werden! Der Abend war hin, wir gingen schweigend und verbittert nebeneinander her und verabschiedeten uns vor Klarissas Haustür, statt ... Nun genug! Aber das schlug denn doch dem Fass die Krone ab (oder sagt man besser: es schlug den Boden aus der Krone? Ich komme mit diesem Sprichwort nie zurecht!), jedenfalls hatte ich es satt. Am nächsten Morgen nahm ich den Knopf bei den Haaren und ging mit ihm zur Schmiede, die in einer Seitengasse mit Pink und Pank und rotem Sprühfeuer etabliert war. „Meister", sagte ich zu dem riesigen Schwarzbart mit der Lederschürze, „tun Sie mir den Gefallen und erschlagen Sie diesen Niederträchtigen, diesen Störenfried mit dem größten und schwersten Hammer, den Sie zur Verfügung haben!" So geschah es! Er endete auf dem Amboss wie andere Übeltäter auf dem Schafott; als unansehnliche Masse fiel er in den Staub.

Ich bin mir bewusst, dass es kalte und mit eiserner Energie bepackte Seelen gibt, die derlei lächerlich finden und mir den alten Vers zurufen:

Wer nicht verächtlich niederzwang
Des Daseins Unverstand,
Der bleibt fürwahr sein Leben lang
Ein lächerlicher Fant!

Aber so wahr das ist, auf die Dauer schabt doch der tägliche Ärger an uns herum und zermürbt, wie der stete Tropfen den Stein höhlt. Ich befinde mich in guter Gesellschaft, wenn ich der „Tücke des Objekts" Bedeutung zuschreibe. Der unvergessene und vortreffliche Friedrich Theodor Vischer hat vor einem halben Jahrhundert in seinem Buch „Auch Einer" meisterhaft die ganze Niederträchtigkeit der täglichen kleinen Plagegeister und Störer der Zufriedenheit festgenagelt, und Wilhelm Busch hat in seinen köstlichen Bildern und Reimen nicht wenige der uns in Verlegenheit und Ärgernisse stürzenden Biester ange-prangert. Wallenstein hat die kleinen, unvorhersehbaren Eingriffe, die der Zufall uns in den Weg schleudert, für vieles verantwortlich gemacht, Napoleon hat den Zufälligkeiten des Lebens allerhöchste Bedeutung zugemessen, Goethe ruft einmal aus, dass wir „die Sklaven der Gegenstände sind", und oft hat er sich zornig beklagt über die Widerwärtigkeiten des Alltags, die störend in sein Schaffen eingriffen. Schopenhauer macht die Bemerkung, dass das Leben eigentlich ein Trauerspiel sei, aber in den kleinen Einzelheiten den Charakter des Lustspiels erhalte. „Denn das Treiben und die Plage des Tages, die rastlose Neckerei des Augenblicks, die Unfälle jeder Stunde, mittels des stets auf Schabernack bedachten Zufalles, sind lauter Komödienszenen." Nicht das Große, das Kleine regiert die Welt, ruft Cicero aus. Wie köstlich ist es, wenn Langenscheid die Frage aufwirft, ob nicht die Geschichte Roms in den Tagen des Julius Cäsar, des Markus Antonius und des Augustus ganz anders verlaufen wäre, wenn die schöne Kleopatra eine hässliche Nase gehabt hätte. Um ein Haar wäre Napoleon als junger General damals in dem Bach bei der Brücke von Arcole ertrunken; mit Mühe zog man ihn aus dem sumpfigen Untergrund. Welchen Weg hätte die

Weltgeschichte genommen, wie viele Millionen Menschen wären nicht für und gegen den Korsen gefallen, wenn der Sumpf ihn behalten hätte?! Die ganze Weltgeschichte steckt so voll kleiner Zufälle. Unterschätzen wir das Kleine nicht! Der Zahn der Zeit zernagt, Körnchen um Körnchen, ganze Gebirge, und schüttet Seen und Flüsse zu; man hat berechnet, dass 40 vom Hundert der Obsternte der Welt durch winzige Insekten vernichtet werden; die Regierung der Vereinigten Staaten teilt mit, dass die Landwirtschaft dort jährlich einen Schaden von 2,5 Milliarden Dollar durch lauter kleines Kribbelkrabbelzeug erleidet, und allein in unserem Vaterlande richtet der Eisen fressende Rost jährlich einen Schaden von 2 Milliarden Mark an! Irgendwo bleichen im Sande der Wüste ein paar vermorschte Knochen. Einst gehörten sie dem Körper einer entzückenden Frau an, die wegen ihrer Anmut die Lieblingsfrau des Kalifen Al Mamun war, des großen Fürsten. Einige dieser Knochen gehörten zu ihren Armen. Wissen Sie, dass Millionen Menschen, nah und fern, jahrhundertelang sich nach diesen Knochen richteten? Sie haben seinerzeit das Grundmaß

„Elle" abgegeben, der Kalif bestimmte es so. Und genau so ist es mit den Fußknochen Karls des Großen im Dom zu Aachen, die einst dazu dienten, die Länge eines „Fußes" gesetzlich festzulegen. Ein vom Baum fallender Apfel bringt Newton zu seinen Grübeleien über die Kräfte und Gesetze, die die Erde um die Sonne treiben, die Sterne durch die Tiefen des Raumes; Belanglosigkeiten, die der Mensch im Alltag glatt übersieht, führten zu bedeutsamen Erfindungen und Entdeckungen. Kleinigkeiten! Alles Kleinigkeiten!

Beim Himmel! Wohin hat mich mein Philosophieren über diesen vermaledeiten Kragenknopf geführt, den nun also endgültig der Geier geholt hat. „Ei zum Henker", sagt mein Freund Seidelbast, „lass ihn doch trudeln, lass ihn unter Bett und Spinde rollen, ich mache das anders: Ich habe Dutzende von Kragenknöpfen, Nadeln, Bleistiften, Schuhbändern, Zündholzschachteln, Zigarrenabschneidern, Hausschlüsseln, Brillen (halt! Brillen! Bitte erinnern Sie mich daran, denn darüber weiß ich ein Lied zu singen!), Fahrkarten, Brieftaschen, Patentknöpfen,

Hosenträgern, Krawattenhaltern, Taschenscheren, Zigarrenspitzen und wie der niederträchtige Kram noch heißen mag, der im rechten Augenblick entronnen ist, versagt, sich mausig machen will über uns. Ich lächle Hohn, ich greife einfach in den Kasten und ziehe den bereitliegenden Ersatz hervor, ein freier Mann, ein Herr des Gesindels, einer, der der Tücke des Objektes entronnen ist!" Das klingt auch ganz gut und hilft auch zuzeiten, aber ganz hat Seidelbast eben die Hinterlistigkeit, die ausgeklügelte Gemeinheit unsrer ewigen Plagegeister nicht erfasst; sie haben tausend Möglichkeiten, uns ein Bein zu stellen!

Brillen! Eben fällt es mir wieder ein! Natürlich, es gibt wohlhabende Leute, die sich drei, vier Brillen halten können und sie hervorziehen, wenn eine verlegt ist. Mein Vater war ein armer Mann, der bis zu weißen Haaren auf seinem Schusterschemel saß und im Licht der magischen Glaskugel, die vor der Petroleumlampe stand, sein Sohlenleder klopfte und seinen Pechdraht zog. Er besaß nur eine Brille, die er, wie meine alte Mutter die ihrige, so oft an den unwahrscheinlichsten Orten liegen ließ, dass des Suchens kein Ende war. Ich empfing eines Tages von ihm eine echt strelitz-mecklenburgische Bauern-Backpfeife, die ich nur dieser Brille, diesem ewigen Plagegeist, zu verdanken habe. Am frühen Morgen, der gute Alte hatte sich eben eine Schüssel mit heißem Wasser zurechtgemacht, um etwas einzu-weichen, erschien (eine große Seltenheit in unserem Arme-Leute-Haushalt!) ein Tele-graphenbote mit einer Depesche. Das Ereignis verdatterte den Würdigen erheblich, und nun begann ein unfruchtbares Suchen nach der Brille. Sie war nicht aufzutreiben. Die Neugier und die Ungeduld veranlassten ihn, den Versuch zu machen, den Fernspruch auch ohne Brille zu entziffern, und er ließ sich, in Gedanken verloren, auf den kleinen Schemel nieder, auf dem die große Waschschüssel mit kochendem Wasser stand, die er in seiner Kurzsichtigkeit und Betroffenheit nicht bemerkt hatte. Es gab eine Katastrophe! Sie war so komisch, dass sie mich Lausbuben zu wahren Lachkrämpfen verführte, und so platzte denn jene Backpfeife auf mich nieder, die ich bis auf den heutigen

Tag, mehr als ein halbes Jahrhundert ist seitdem vergangen, nicht vergessen habe.

Von Robert Koch, dem großen Mediziner, ist bekannt, dass er seine Brille (aber auch seine Brieftasche) zuweilen „in Gedanken ganz versunken" in den Briefkasten warf, wo sie der Postmeister als ihm schon vertrautes Objekt an sich nahm. Die Brille meiner Mutter, ein kleines kümmerliches Ding mit dünnen Stahlstangen, ersäufte sich nicht selten im dampfenden Kohltopf, oder sie wurde fetttriefend aus der Pfanne mit den Bratkartoffeln herausgezogen. Gar nicht selten aber fanden sie die Nachbarn an einem Ort, an dem man wegen der Dunkelheit doch nicht lesen konnte und wo überdies bereits eine „Brille" eingebaut war. Dieses heimtückische Augenglas fand Verstecke, die unwahrscheinlich genannt werden könnten. Vier Menschen haben das ganze Haus durchsucht, Schränke, Kisten, Truhen, Taschen, Körbe, Betten durch den Wolf gedreht und durch ein Sieb geschüttelt, so dass keine Stecknadel verborgen blieb. Sie blieb verschwunden! Tage später entdeckte man sie draußen vor dem Fenster im Gerank des wilden

Weines, wo sie hohnlächelnd allen unseren Bemühungen zugesehen hatte.

Pfui Spinne! kann man da nur sagen, und Hass und Wut steigen auf bei der Erinnerung daran, wie die gute Alte mit dem weißen Haar des Abends sich abmühte, ohne diese Brille die Löcher in einem Berg von Strümpfen zu stopfen. Vor einigen Tagen lese ich in einem Werk, das die Durchforschung Afrikas behandelt, von John Speke, der unter unsäglichen Mühen und Gefahren zu den Quellen des Nils vordringt, zu einer Zeit, als Afrika noch wirklich der „dunkle Erdteil" ist. Was hat der Mann alles in seinem Forscherdrang ausgehalten! Zweimal hatten ihn die Wilden bereits als Hauptgang für ihr Mittagessen auf die Speisekarte gesetzt, denn er war durch Speerstiche böse zugerichtet. Dennoch ist er glücklich entronnen und nach England zurückgekehrt, wo er sich für eine neue Expedition ausrüsten wollte. Ein paar Wochen vor seiner Abreise, im Jahre 1864, lädt ihn einer seiner Freunde zu einer Fasanenjagd in der Nähe Londons ein. Was soll ich Ihnen sagen: Dieser John Speke, der die tollsten Abenteuer und Gefahren im dunklen Afrika überstanden hat, stolpert über ein paar Weidenranken, sein Gewehr entlädt sich, er ist tödlich getroffen und geht hinüber in ein noch viel dunkleres Land, „aus des Bezirk kein Wanderer wiederkehrt", wie sein großer Landsmann Shakespeare sagt.

Da schlage doch einer lang hin! würde Onkel Bräsig ausrufen, aber so geht es zu mit den kleinen Teufeleien des Alltags. Habe ich Ihnen schon erzählt, dass einer meiner Bekannten durch einen Regenschirm ins tiefste Unglück gekommen ist? Er steht mit seinem Schirm in Berlin auf der Straßenbahn; neben ihm steht eine entzückende Blondine. Wie die Dame absteigen will, wird offenbar, dass sich eine der Drahtspitzen des Schirmes in das Häkelspitzenkleid dieser Eva eingebohrt, derart verheddert hat, dass sich die Sache gar nicht im Handumdrehen erledigen lässt. Mein Freund muss mit absteigen, um die Geschichte in Ordnung zu bringen. Stellen Sie sich das vor! Eine regelrechte Verschwörung des Gottes Hymenaios, der bekanntlich die Jünglinge und die Jungfrauen zum Ehebund zusammenführt, mit diesem Heimtücker von Regenschirm, diesem baumseidenen Paddenstecher, dieser lumpigen Professorenkrücke. So kamen die beiden zusammen, scherzten, lachten, speisten gemeinsam in einem Weinhaus zu Mittag, und das Unglück war fertig. Sie passten gar nicht zusammen, die „Liebe auf den ersten Blick", die schon so viel Unheil anrichtete, hatte getrogen, es wurde ein siebenjähriger Krieg daraus, und dann trennte man sich.

Schirme sind überhaupt Bestien! Der „in Gedanken stehengebliebene Regenschirm", der vor allem den deutschen Professor in den Geruch einer komischen Weltfremdheit brachte, ist zu einer Sprichwörtlichkeit geworden. Erstens regnet es nie, wenn du ihn mitnimmst, zweitens regnet es auch aus blauestem Himmel, wenn du ihn daheimlässt, drittens verführt er dich dazu, ihn bei Regenwetter einer Dame aus Höflichkeit anzubieten, und man kann (siehe oben)! nie wissen, was das für Konsequenzen nach sich zieht. Zum vierten lässt du ihn natürlich stehen. Wie oft hat sich der meine so meiner Aufsicht entzogen, indem er hinter Mänteln verschwand! Wie oft bin ich auf Fundbüros gewesen, um seiner wieder habhaft zu werden. So etwas von Schirm-Ausstellungen, wie man sie da antreffen kann, malt sich die kühnste Phantasie nicht aus! Herrenschirme, Damenschirme, große, kleine, dicke, dünne, schwarze, rote, blaue, graue, karierte. Manche sind von Adel, bestehen aus bester Genueser Seide und haben ziselierte Silbergriffe, andre sind kümmerliche Plebejer, handfest, dick, plump, aus Baumwolle, unansehnlich und verblichen. Vater Zaddikke, der aus Klein-Wegeleben nach Berlin kam, um seinen Sohn, der bei der Artillerie dient, zu besuchen, hat den schwersten dieser Schirme mitgebracht, den Mutter schon mehrfach mit grauen Flicken ausbesserte. Da stehen sie, die Armen und die Vornehmen, in mächtigen Bündeln zusammengeschnürt, und jeder hat seine Geschichte, über die ein würdig und versorgt aussehender Beamter Buch führt, der kopfschüttelnd von der Vergesslichkeit einer Millionenstadt berichtet. Wer sollte meinen, dass selbst Hosen vergessen werden?! Um des Himmels willen, das geht zu weit!

Aber auch sonst können die Schirme den ärgsten Verdruss bringen, weil sie ... du lieber Gott, wie soll ich es nur schicklich ausdrücken, also weil sie unter sich alles nass machen, einen unansehnlichen Pfuhl hinterlassen, der die Vorstellung erweckt, als ob ... als ob ... Ich sitze in einem Berliner Restaurant; neben mir ein Herr mit einem Hund. Plötzlich steht der erzürnte Ober vor dem Herrn und deutet auf einen Pfuhl, der zu Füßen des Hundes langsam weiterrinnt. Derlei ginge nicht in einem angesehenen Lokal, setzt er mit der Würde eines Haushofmeisters und fürstlichen Kammerherrn auseinander. Ungezogene Hunde könne man eben nicht in gesittete Gesellschaft mitnehmen. Zudem! Wer solle denn das nun wieder in Ordnung bringen, und auf wessen Kosten? Und da könne man ja noch auf weitaus unangenehmere „Überraschungen" dieses Hundes rechnen....

Es entspinnt sich ein Wortwechsel, der immer heftiger wird; der Hund, dessen Artigkeit und Wohlerzogenheit von seinem Herrn energisch verteidigt wird, schaut mit seinen treuen, braunen Augen von einem zum andern und wartet auf den ihm zustehenden Karbonadenknochen. Plötzlich sagt der Herr: „Aber was wollen Sie denn! Der Pfuhl stammt von dem Schirm dieses Herrn hier. Da, sehen Sie doch hin ...“

Ich werde rot, ich bin verlegen und verdattert, die Augen aller wenden sich mir zu, die niedliche Brünette am Nebentisch, mit der ich einen nicht ganz aussichtslosen „Blickwechsel“ begonnen hatte, kichert belustigt in ihr Spitzentüchlein; ich entschuldige mich, zahle mit hohem Trinkgeld, lege noch einen Fünfziger für die Beseitigung der Spuren meiner Anwesenheit hinzu, greife, ohne mein Bier auszutrinken, nach Hut und Mantel und ziehe wie ein begossener Pudel ab. Zehn Minuten später merke ich, dass ich dieses Biest von Schirm vergessen habe. Aus Feigheit ging ich nicht wieder zurück und trabte missmutig im Regen heim.

Ich frage mich oft, wie die Menschen vergangener Zeiten mit ihrer noch viel komplizierteren Kleidung fertig wurden, mit den gewaltigen Krinolinen, den Spitzenmanschetten, Spitzenjabots, zehn

Ellen Stoff fassenden Pluderhosen, den die Straße fegenden Schleppen, den halbmeterhohen Turmfrisuren, den „Stößern", Zylinderhüten .. .

Halt! Halt! Zylinderhüte! Mein Vater (so um 1850 war er ein junger Mann) besaß einen, der mir eine Quelle der Bewunderung und des Vergnügens war; er endete (die Krempe hatte man abgeschnitten) als Klammerbeutel im Haushalt meiner Mutter. Es war ein Ungetüm von einem Drittel Meter Höhe und war aus dünnem Holz verfertigt, innen und außen mit Stoff bespannt. Einmal, als der würdige Alte von einer festlichen Gelegenheit ein wenig schwankend und leicht chloroformiert nach Hause kam, die steile Stiege emporkletterte, stieß er mit diesem schauerlichen Feuereimer an einen Balken, so dass der Hut die Treppe hinabkollerte. Man hätte meinen sollen, ein Sack Kartoffeln oder eine Frachtkiste wäre ihren Trägern entglitten; das ganze Haus erwachte aus tiefem Schlaf, es schien, als hätte ein schweres Unglück die Stätte kleinbürgerlichen Friedens betroffen. Lange diente er unserem, vormärzlichen Gepflogenheiten zugetanen, würdigen Hausvater. Zuweilen frischte er ihn mit schwärzlichen, verdächtigen Essenzen wieder auf, denn schließlich war der ungeheure Feuereimer unansehnlich geworden; aber wenn es regnete, rannen nunmehr missfarbene Bäche über des Alten zerfurchtes Gesicht. Ja, der Hut war hin, und wehmütig zitierte der Vater die Dichter:

Schön ist ein Zylinderhut,
Wenn man ihn besitzen tut.
Doch von ganz besondrer Güte
Wären zwei Zylinderhüte,
Wenn man sie besitzen tüte!

Nun, in unserem fortgeschrittenen Säkulum werden die „Stößer" nur noch bei Beerdigungen, Hochzeiten und anderen traurigen Ereignissen verwendet; sie waren gar zu „anstößig". Nicht selten konnte man sie in meiner Jugend vom haushohen Verdeck eines noch von Pferden gezogenen Omnibusses herabrollen sehen, und wenn sie gar bei Volks-festen im alten Berlin der Kaiserzeit im

Gedränge und bei kleinen „Sonntag-Nachmittag-Tanzboden-Raufereien" eins abbekommen hatten, wie Wellblech Falten schlugen, trugen sie erheblich bei zur allgemeinen Heiterkeit einer immer lachbereiten Menge.

Ja, wieviel Komik liegt auch im täglichen Ärger, der aus der Nichtsnutzigkeit der kleinen Dinge erwächst! Neulich sah ich fünf Minuten vor Abgang des Schnellzuges nach Hamburg einen Mann vor der Bahnsteigsperre stehen, in dem ich einen Bruder und Leidensgenossen erkannte. Er kramte in all seinen Taschen nach der Fahrkarte; die hellen Schweißtropfen rannen ihm von der Stirn, und er stieß Flüche aus, wie ich sie mein Leben lang noch nicht gehört hatte, Flüche von einer Bildhaftigkeit, einer aus tiefstem Herzen kommenden Verbitterung, einer Prägnanz des Wortes, dass man bewundernd aufhorchte. Es waren Flüche aus allen Sprachen der Welt, wie sie nur ein weitgereister Mann, ein Seemann offenbar, zur Verfügung hat. Leider ist es mir nicht möglich, sie hier wiederzugeben; mein Büchlein würde von den Behörden verboten werden, meine holdseligen Leserinnen würden bis zu den schon langsam wieder ihre Blondheit verlierenden Haarwurzeln erröten und nicht geneigt sein, meinen Auseinandersetzungen weiter zu folgen. Apropos! (Ach, diese Fremdworte! Ich ersehe soeben aus dem Wörterbuch, dass ich auch sagen könnte „nebenbei bemerkt" oder „da fällt mir ein", oder auch „dies hinzugefügt", aber ich finde, apropos klingt gelehrter, es macht mehr her!) Apropos! Damen haben es ja in dieser Hinsicht, ich meine, was Taschen anbelangt, viel leichter, wenn sie etwas suchen. Sie haben alles in der einen Handtasche. Taschentuch, Kamm, Lippenstift, Schminkdose, Geld, Liebesbriefe (von Walter), Notizbüchlein, Parfümfläschchen, Nagelschere, Fahrkarte, Briefmarkenheftchen, sechs zusammengeknüllte, zum Umtausch berechtigte Warenhauszettel, Zigarettendöschen, Pinkfeuerzeug, noch ein paar Liebesbriefe (von Heinz), Bleistiftchen, ein kleines Einkaufsnetz, Stoffproben von der Schneiderin, Sicherheitsnadeln, Haarnadeln, Spiegel, einen Prospekt über eine Vierzehntagereise an den Gardasee und ein

Reclam-Bändchen „Aida" von Verdi. Alles in einer Tasche!

Wie geht es hingegen uns Mannsleuten? Jener unglückliche Bruder und Hamburgfahrer, Meisterflucher und Billettsucher, den eine ganze Korona spöttelnd betrachtete und den der Mann am Fahrkartenschalter noch dadurch in Verwirrung brachte, dass er ihm hin und wieder zurief : „Jeben Se es uff! Sie schaffen et doch nicht mehr!", hatte zwanzig Taschen, nämlich vier in den Unaussprechlichen, fünf in der Weste, sechs im Jackett und fünf im Überrock! Außerdem hatte er freilich noch zwei sogenannte „Billettaschen", aber da suchte er gar nicht erst nach, denn wenn er die Fahrkarte da nicht gefunden hätte, hätte er ja gar keine Aussicht mehr gehabt! Ich trat, „unter Larven die einzig fühlende Brust", an ihn heran und hub also an: „Bruder! Sie sehen in mir einen vom großen Bund derer, die gleich Ihnen Kämpfer sind gegen die Tücke des Objekts, gegen die Bösartigkeit der kleinen Dinge, gegen die lebensverbitternden Teufeleien der Nichtigkeiten.

Ein halbes Jahrhundert Studium ihrer vermaledeiten Praktiken liegt hinter mir, ich darf annehmen, dass Ihre Fahrkarte sich zwischen die zusammengefaltete Zeitung geschoben hat, die ich aus Ihrer Überziehertasche hervorlugen sehe!"

Was soll ich Ihnen sagen! Da war sie wirklich! Wir sausten beide, das Gelächter der Narren ringsum überhörend, mit der affenartigen Geschwindigkeit ertappter Bodendiebe durch die Sperre, es gelang uns (der Fahrdienstleiter hob schon den Stab!), den letzten Wagen zu erklimmen, und dann brachen wir, unsere Koffer in das Gepäcknetz werfend, selber in ein glucksendes, kollerndes, schallendes, befreiendes Gelächter aus, wie zwei Lausbuben, die gemeinsam irgendeinen Streich vollführt haben. Der Preisflucher und Seemann kramte ein Kistchen Zigarren hervor (Prima Primissima!) und einen Kognak von unwahrscheinlicher Blume. So fuhren wir selbander nach Hamburg.

„Wissen Sie", sagte der Weitgereiste und goss sich noch einen hinter die buntgeblümte Weste, „Sie haben wirklich recht mit den

Teufeleien der Kleinigkeiten. Wenn ich es genau bedenke, haben sie in meinem Leben eine entscheidende Rolle gespielt. Durch einen reißenden Schnürsenkel kam ich zur Marine, eine kleine silberne Puderdose rettete mir das Leben, und im Grunde haben derlei Nichtigkeiten mich zu einer Frau gebracht und mich wieder von ihr vertrieben."

„Hören Sie, Mann, das müssen Sie mir erzählen, nicht weil mich die Neugier plagt, sondern weil das meine Kenntnis bereichert hinsichtlich der Tücke des Objekts, was nun einmal mein Steckenpferd ist!"

„Wollen Sie noch einen zwitschern?" sagte er und hielt mir die Kognakflasche hin. Ich bediente mich, und er legte los.

„Gott, im Grunde sind es Alltäglichkeiten! Ein reißendes Schuhband und sein Ersatz nach langer, wütender Kramerei brachten es mit sich, dass ich zu spät kam, um als Lehrling in einer Bank einzutreten; gleichzeitig aber bewirkten die Verspätung und der Zufall, dass ich da einen Steuermann traf, der mich überredete, als Schiffsjunge mitzukommen.

Die silberne Puderdose hatte ich in Alajuela für eine niedliche und temperamentvolle kleine Dame aus Kostarika gekauft und in meine linke Brusttasche gesteckt. Eine Anrempelei und Rauferei in einer Taverne, bei der mir ein gelbhäutiger Schuft einen Dolchstich versetzte, machten zwar mein Geschenk zunichte, indem das Messer des Höllenhundes es durchbohrte, aber es rettete mir zugleich das Leben, denn der Kratzer nahe dem Herzen, der übrig blieb, war noch bedenklich genug! Meine Frau lernte ich durch einen Puceron kennen, einen winzigen Puceron, nicht größer als ein halbes Fliegenbein ..."

„Puceron ...", sagte ich, „was ist das? Nie gehört ...!"

„Nun, so etwas wie eine kleine fliegende Blattlaus, halb so groß wie eine Mücke. Puceron sagen sie da unten in Marseille zu solchen Biestern. Ich sitze auf einer Bank unter den Platanen des Prado und lese die Abendzeitung; plötzlich schreit ein zierliches Dämchen dicht vor mir auf, bleibt stehen, hält sich die Hand vor die Augen und bricht, mit den Füßen zappelnd, in ein weinerliches

Gejammer aus. Ich trete dienstbeflissen hinzu, ein Puceron ist der Schönen ins Auge geflogen, und es gelingt mir leicht, ihn mit der Spitze meines Taschentuches zu entfernen. Ich will Sie nicht langweilen! So lernten wir uns kennen, so gewannen wir Sympathie füreinander, es ward eine Liebe daraus, kurz Seeleute haben nicht viel Zeit, wir heirateten. Ein nettes Weib! Man muss es ihr lassen, aber ... leicht! Ein bunter Schmetterling, der unbeschwert umhertummelte und dem Ernst des Lebens wenig gewachsen war."

„Und wie kamen Sie auseinander?"

„Durch eine Flasche Bier!"

„Eine Flasche Bier? Wie das, Verehrtester?"

„Wie ich sage! Aber lassen Sie uns vorher noch einen nehmen, auf das Wohl der Antialkoholiker. Wir sind diesen Leuten zu Dank verpflichtet, denn wie teuer wäre der Kognak, wenn sie auch noch welchen trinken würden! Tja, also im Grunde war es eine einfache Sache. Wie oft hatte ich Francoise ihren Leichtsinn, ihre unbekümmerte Schludrigkeit vorgehalten, wie oft über die

Unordnung geklagt, ja über lebensgefährliche Unaufmerksamkeiten, etwa wenn sie Stopfnadeln in die Handtücher steckte. Eines Tages greife ich erhitzt und erschöpft zu einer Flasche Bier; ich habe es eilig, ich tue einen herzhaften Zug und denke, der Teufel springt mir über die Zunge! Einen Teil des vermaledeiten Zeuges speie ich noch aus, aber einen gehörigen Schluck habe ich schon im Magen. Das ist gar kein Bier, es ist Seifenlauge. Francoise hat sie in die Flasche gefüllt, um ihre Spitzenkragen damit zu waschen, und sie in ihrer Unbekümmertheit einfach zwischen die Bierflaschen der Speisekammer gestellt. Ich fuhr aus der Haut! Ich wurde grob, es kam eins zum andern, und schließlich sagte sie, dass ich ein Tyrann wäre und ein Grobian, und überhaupt... ! Sie hätte es satt, als Frau eines Seemanns immer allein zu sein, und sie möchte ihre Freiheit wiederhaben. Wir schieden friedlich. Ich bin kein Freund davon, einen bunten Schmetterling auf eine Nadel zu spießen! Demnächst werde ich wieder heiraten."

„ Ist das Ihr Ernst?"

„Gewiss!"

„Nehmen Sie mir ein offenes Wort nicht übel, Bruder, aber ein Mann, der wieder heiratet, ist gar nicht wert, dass sein erstes Weib von ihm ging!"

„Was wollen Sie", sagte er und entbrannte eine prächtig duftende, dunkle Schöne aus Havanna, „wir Männer heiraten gar nicht, wir werden geheiratet!"

„Ihr sprecht ein großes Wort gelassen aus, Bruder! Wer so weit zu den Quellen der Weisheit vorgedrungen ist, wird als ein Erleuchteter eingehen in das Nirwana. Mein Kompliment!"

Mein Reisegefährte verbeugte sich leicht; meine Anerkennung hatte ihn sichtlich geschmeichelt. „Lassen Sie uns den Rest der Flasche noch hinter die gestärkte Hemdbrust gießen", sagte er und brachte die Kognak-Buddel wieder zum Vorschein.

„Vieles", so fuhr er fort, „vertragen die Menschen. Millionen haben zwei Weltkriege ertragen, ein halbes Dutzend Revolutionen; einige ertrugen im hohen Norden mehrere Polarwinter. Ein ganz verrückter Kerl, ein

Mexikaner, wurde nach zwanzig Jahren Zuchthaus begnadigt, kaufte sich eine Stunde nach der Entlassung für seine Ersparnisse einen Anzug, ging in eine Music-Hall mit Gesang, Tanz, Würfelspiel, Trara und Tschingdata, kam in eine wilde Messerstecherei und ging am nächsten Morgen wieder vergnügt in seine Zelle zurück. Ich kannte einen, der fünf Jahre mit einem Posaunenbläser in einer kleinen Kammer hauste, in der der Mann mit der Posaune täglich ein paar Stunden übte, so dass der Kalk von den Wänden rieselte. So ertragen viele Vieles, nur nicht die Einsamkeit, und darum heiraten sie. Nicht das Wort ‚Geliebte‘ ist entscheidend für die Ehe, sondern das Wort ‚Lebensgefährtin‘!"

„Eins", entgegnete ich, „haben die Frauen uns voraus: Sie werden mit den kleinen Dingen des Alltags besser fertig als wir, mit diesen verteufelten Widerwärtigkeiten, den kleinen Kobolden, den abgerissenen Knöpfen, den zerfransten Hemden, den zerrissenen Schuhbändern, den verlegten Schlüsseln, Brieftaschen, vergessenen Taschentüchern, Briefen, Brillen, usw. usw.

Sie sind wunderbare Helfer all diesen Teufeleien gegenüber. Mein Freund, der Professor Seidelbast, braucht ein halbes Dutzend Armbanduhren, weil er es in seiner Zerstreutheit jedes Mal vergisst, sie abzunehmen, wenn er in die Badewanne steigt. Lesseps, der Erbauer des Suez-Kanals, ist so zerstreut, dass er ständig seine eigenen Kinder mit völlig fremden verwechselt und ihre Namen vergisst; der Berliner Physiker F. E. August, der seinen Studenten die Fallgesetze klarmachen will, wirft seine teure Uhr in den Brunnenschacht und steckt den Stein in die Westentasche; der große englische Naturforscher Newton hat eine Abhandlung über eine wissenschaftliche Frage geschrieben, vergisst das vollkommen und schreibt dieselbe Abhandlung nach einem Jahr noch einmal. Fritz Reuter lässt bei seinen ausgedehnten Zecherfahrten Hut, Schirm, Mantel, Geld, Schlüssel liegen, und nur die Ehrlichkeit seiner Landsleute bewahrt ihn vor argem Schaden. Napoleon hat selbst eine Geliebte vergessen, die er bestellte. Schließlich aß sie allein und trank allein den feurigen Wein, der bereitgestellt war; am nächsten

Morgen fand man sie eingeschlafen auf einem Ruhebett, der Korse hatte die ganze Nacht über Landkarten und Truppenaufmarsch-plänen gebrütet, statt sich zu zerstreuen! Ich sage Ihnen, nur wer sich zerstreut, ist nicht zerstreut!

All das kann einem Weibe nicht passieren, wenn es über die erste jugendliche Flatterhaftigkeit hinweg ist. Die Schönen sind sachlicher, wissen Sie, kühler, selten geht ein leidenschaftlicher Gedanke mit ihnen durch, selten nur verlieren sie über einer Idee, wie der Mann, den Blick für die Erfordernisse des Alltags. Die Weibsbilder sind die Überwinder der Tücken, die im Objekt liegen; wir kommen ihnen oft komisch vor mit unserer fast jungenhaften Tollpatschigkeit in kleinen Dingen. Goethe heiratete darum nicht die geistreiche Frau von Stein, sondern die kleine Blumenbinderin Christiane Vulpius, die ihm trefflich seinen Haushalt führt, für ‚Kalbsfüße in Gelee' sorgt und für ‚gutgeputzte Lampen'."

„So ist es, Verehrtester! Genau so! Die guten Frauen und Mütter sind keine Philosophen, sie sind Praktiker des Lebens. Eine

Zwanzigjährige ist ein Weib, ein Zwanzigjähriger ein Junge! Vielleicht besiegt er im Kampf und Sport alle Gegner, aber sie besiegt ihn!"

„Ein weises Wort! Aber finden Sie nicht, dass das weibliche Geschlecht den kleinen Alltagsdingen noch weit mehr verhaftet ist als wir Männer? Ob auch Frauen ohne all den Plunder auskommen könnten, wie wir, wenn es hart auf hart geht? Einen weiblichen Diogenes, der in einer Tonne lebt, seinen Trinkbecher fortwirft, als er einen Knaben aus der hohlen Hand Wasser schöpfen sieht, und ihn als überflüssigen Ballast empfindet, kann man sich kaum vorstellen. Mit Recht hat Emile Zola in einem berühmten Roman das Warenhaus ‚Paradies der Damen' genannt. Aber ganz allgemein gesprochen: man könnte die Frage aufwerfen, ob nicht die Dinge uns besitzen, während wir glauben, sie zu besitzen. Meine Tante Christine in Krauschen an der Schnarre war eine Gefangene ihres Schrankes, eines ungeheuren Möbels, das alles nur Denkbare enthielt. Er war im größten Zimmer des winzigen Häuschens vor Jahrhunderten, eine wahre Arche Noah, vom Tischlermeister erbaut und zusammengefügt, er ging durch keine Tür, wäre nie über die schmale Stiege zu bringen gewesen. Des Schrankes wegen musste die Tante da wohnen bleiben; er hatte sie, nicht sie ihn!

Das ist nun gar nichts Seltenes, sondern viel häufiger als man annimmt. Schaue nur jeder einmal ordentlich in sich hinein, dann wird er vielleicht in seinen Verhältnissen Ähnliches finden.

Gibt es nicht tausend Menschen, die da ein Haus zu besitzen glauben, während sie in Wahrheit Sklaven dieses Hauses sind? Sie möchten an einen anderen Ort ziehen, möchten aus allen möglichen Gründen sich verändern, sind aber an das Haus gebunden, und wenn sie es nicht können, so hat sie das Haus richtig zeitlebens am Bändel, und sie sind Gefangene eines Dinges, dessen Herr sie zu sein glaubten.

Wer kennt nicht jene Unzahl unglücklicher Frauen, die ihr ganzes Leben nicht froh werden, weil sie vom Morgen bis zum Abend in ihrer für ihre Kräfte viel zu großen Wirtschaft mit einer

Anzahl vollkommen unnötiger Möbel, Nippsachen, Decken, Teppiche, Läufer nie zur Ruhe kommen! Sie traben ihr ganzes Leben lang mit dem Staubwedel und dem Wischtuch umher, von Zimmer zu Zimmer, haben heute jenes, morgen dieses ‚große Reinemachen' und werden tatsächlich zum Sklaven ihrer Sachen. Sie haben nie Zeit, sie schimpfen neidvoll auf die weniger törichte Nachbarin, die sich nicht den Rücken mit all dem unnötigen Krempel behängt hat, und daher auch mal eine Stunde für das Spazierengehen erübrigt, plagen Mann und Kinder, verärgern und verknärgeln sich und die Welt und seufzen bis zu dem Augenblick, wo sie endlich in ein besseres Jenseits hinübergehen, wo hoffentlich nicht jede Seele eine Fünfzimmerwohnung mit vollkommen unnötigem Plunder zu beziehen braucht. Diese guten Frauen glauben, dass sie die Dinge ihrer Häuslichkeit besitzen, in 'Wahrheit besitzen die Dinge jene Frauen, machen sie zeitlebens zu Sklaven, jagen sie bis an ihr Lebensende mit Staubwedel, Wischtuch und Scheuerlappen, Klopfer, Besen und Putzkasten umher, wie der Teufel den sündigen Bauern durch die Bohnen jagte!

Auf dem Grab einer solchen unglücklichen Frau findet sich (im Schwarzwald) folgender amüsanter Spruch:

Zeitlebens hat sie Staub gewischt,
Nun ist sie selber weiter nischt!

Wie wenig braucht der Mensch, wenn er es einmal darauf ankommen lässt! Wir Männer, die wir im Felde waren, wissen, wie gemütlich es sich in der kleinsten Baracke leben lässt, mit einem roh gezimmerten Tisch, einem einfachen Lager und einem Holzkasten, in dem man seine paar Geräte aufbewahren kann. Da klebten wir uns wohl noch irgendein nettes Bildchen an die Wand, steckten ein paar Blütenzweige in eine leere Flasche und hatten genug und übergenug. Wir da draußen empfanden es täglich und stündlich: Das Glück liegt gar nicht in den Dingen, es liegt in uns selbst, in seelischen Werten, und wer irgendeine Freude dieser Art hatte, etwa einen schönen Schreibebrief von seiner Herzallerliebsten, der war glücklich und pfiff auf sämtliche Nippsachen und Barockmöbel der Welt!

Natürlich kann das in einem Haushalt unter normalen Verhältnissen nun nicht so primitiv hergehen wie da draußen unter den Soldaten, aber, Hand aufs Herz, wer von uns muss nicht ehrlich zugeben, dass er rings um sich viel unnützen Krempel hat, den er schwer erarbeiten musste, der ihm viel Platz wegnimmt, immer Arbeit macht, immer aufs neue Geld kostet und in Wahrheit auch nicht das geringste dazu beiträgt, das Leben annehmlicher zu gestalten. Am Ende ihrer Tage, wenn der kurze Traum zu Ende ist, merken es die Menschen, dass sie Sklaven waren, Sklaven ihrer Dinge! Vielleicht sind wir alle viel zu anspruchsvoll geworden! Die große Zarin Katharina schreibt in ihren Memoiren, dass sie vor der Thronbesteigung am Hofe zuweilen in kaum glaublicher Einfachheit hausen musste. So waren zu wenig Möbel vorhanden; Betten, Schränke, Truhen, Tische, Stühle, das alles musste jedes Mal, wenn man zwischen Sommer- und Winteraufenthalt wechselte, mitgenommen werden. Die Sachen waren durch diese Transporte oft abgestoßen, zerschrammt, ja selbst zerbrochen, dennoch musste man sich damit behelfen. An anderer

Stelle berichtet sie, dass in ihrer Wohnung so wenige Räume vorhanden waren, dass ihre Dienerschaft, 15 Menschen, im Zimmer nebenan untergebracht werden musste. Hier wohnte und schlief Katharina, nebenan wimmelten fünfzehn Menschen umher, und da kein anderer Ausgang vorhanden war, mussten sie alle eben durch dieses ihr Schlaf- und Wohnzimmer laufen, wenn sie ins Freie wollten. Dicht unter den Fenstern dieses Zimmers lagen die „Bequemlichkeiten", wie die hohe Frau das zart umschreibt. Man kann sich vorstellen, dass das wenig angenehm und oft recht peinlich war. Von vielen Fürstlichkeiten und berühmten Leuten ließen sich so Berichte über geradezu dürftige Wohn-räume und Ausstattungen geben; man sehe sich einmal im Schiller-Haus zu Weimar den kümmerlichen Verschlag an, in dem der lungenkranke Dichter viele Jahre schlief, und betrachte das ärmliche, roh gezimmerte, schmale Holzbett, in dem er starb. Kein Dienstbote in einer Kleinstadt schläft heute so! Vielleicht ist unser Leben zu äußerlich geworden. Sollten wir nicht lieber dem großen Philosophen Plato nachstreben, der sich nichts wünschte als „eine Hütte im Hain und eine Quelle nahe dem Hause"?

Mein Reisegefährte, der Seemann, war müde geworden und gähnte herzhaft. „Wissen Sie", sagte er, „das erinnert mich an meine habgierige Tante Friederike, die Onkel Bromme, einen alten Kapitän und tollen Burschen, beerbte. Sie hat sich dieses Erbe richtig ergaunert in einem Prozess, aber der Kapitän, der das voraussah, hat ihr doch noch eins versetzt, denn er hatte bestimmt, dass der, der das Häuschen erbte, auch bis ans Ende seiner Tage den Papagei Zacharias, ein tolles Biest, verpflegen müsse, und dass, wenn er stürbe, gewisse Zuwendungen fortfallen sollten. Nun stellen Sie sich vor, dass dieser Papagei, ein großer Kerl, ein Jako aus Senegambien, den würdigen Onkel Kapitän jahrzehntelang auf seinen Reisen begleitete, die tollsten Geschichten und Witze mitangehört, die kräftigsten Flüche der Seemannssprache auswendig gelernt hatte, und das alles mit enormer Lautstärke und Deutlichkeit bei jeder passenden und unpassenden Gelegenheit zum Besten gab. Für Damengesellschaften waren seine Zurufe so wenig geeignet wie Handwerksburschenlieder für ein Nonnenkloster. Empört und errötend mussten die Tante und die sie besuchenden Damen der Kaffee-Gesellschaft sich von diesem vermaledeiten Jako beschimpfen lassen, und ganz schlimm wurde es, wenn er mit weittragendem Organ das schöne Lied von der ‚Susanne in der Badewanne' zu Gehör brachte. Es war skandalös! Aber der Advokat wachte über Jakos Gesundheit, wie es der listige Onkel Bromme befohlen, und die Erbschaft der Tante Friederike wurde durch diesen unanständigen Vogel bisweilen zu einer schweren Plage. So rächt sich alle Habgier der Welt! Im Übrigen wünsche ich mir im Augenblick nichts weiter, als langausgestreckt in einem Bett zu liegen."

Wirklich, wir waren müde geworden, man trinkt nicht ungestraft eine ganze Buddel Kognak von dieser Güte! Wir lehnten uns in die Kissen des Abteils zurück, langsam begann die Dämmerung, und hin und wieder schlossen wir die Augen.

„Wir haben so viel über die Nichtsnutzigkeit der kleinen Dinge geredet", sagte ich nun auch schon etwas verschlafen und zuweilen herzhaft gähnend, „aber wir wären ungerecht, wenn wir nicht hinzufügten, dass es auch die kleinen Dinge sind, die uns erfreuen und beglücken. Mitten im brausenden Gewühl und Gedröhn des Tages, in den Verdrießlichkeiten des Amtes und der Bürden, da du einen Augenblick auf der Bank im Stadtpark verschnaufst, um deine Semmel zu verzehren, setzt sich ein zierlicher Schmetterling auf deine Hand, Geschöpf einer fremden Welt, und erregt dein Interesse, lässt Brunnen, die schon versiegt schienen, aufrauschen, Liebe zur Natur, Freude an ihren tausendfachen Kostbarkeiten und Wundern. Ein Fink schmettert seine Weisen, es leuchten Gänseblümchen auf der Wiese, eine geschäftige Hummel umbrummelt dich und verschwindet in einem Blütenkelch. Wie seltsam rauscht der Wind im grünen Schleierkranz der Birken, was für wunderzarte Federwolken ziehen fern, fern im seidigen Blau, wie wohlig ist's in den mütterlichen Strahlenarmen der Frau Sonne. Du musst lächeln über das betuliche Entlein, das vom Weiher her zu dir hinüberwatschelt und dich mit schief geneigtem Kopf und schwarzen Äuglein anblinzelt, ob nicht ein Häppchen abfällt für sie; ein Marienkäfer spaziert auf deinem Ärmel hin und her, und im Tropfenfall des Springbrunnens, der Milliarden vergängliche Diamanten hervorzaubert, steht hauchzart eine bunte Regenbogenbrücke.

Was für Köstlichkeiten, was für Wunder, wie viele Gestalten! Du bist ja nur eine im weiten Reich der Allmutter Natur, eine, die sich leider zu weit entfernt hat von ihrem Herzen, und darin, eben darin liegt deine Tragik, du Herr der Welt, M e n s c h genannt ... „

Mein Reisegefährte ist eingeschlafen ... ich rede ins Blaue hinein, ein Prediger in der Wüste. So kuschle ich mich in meine Ecke und schließe die Augen.

Plötzlich Gekreisch und Gerüttel. Wir sind am Ziel! Hamburg! Hauptbahnhof! Wir fahren verschlafen auf und kramen unsere Sachen zusammen. Noch einmal schütteln wir uns die Hände, wie wir auf dem Bahnsteig stehen, versichern uns der gegenseitigen Hochachtung, hoffen auf ein Wiedersehn, auf eine gemütliche

Plauderstunde, dann treibt uns der Strom der Reisenden, das Gewühl auseinander.

Fünf Minuten später bemerke ich, dass ich meinen Schirm vergessen habe, diese verdammte baumseidene Regenglocke, die altmodische Drahtspinne, die jede nur denkbare Gelegenheit benutzt, um sich heimlich meinen Diensten zu entziehen und in Fundbüros ein faules Luderleben zu führen. Ich eile zurück und pralle unsanft mit einem Herrn zusammen. Wer ist es? Der Meisterflucher, der Seemann mit der Francoise und dem Puceron! „Ich habe meinen Schirm, die alte baumwollene Minna, vergessen", rufe ich ihm zu und stürze nach dem Abteil, in dem wir saßen. „Donner nochmal", brüllte er zurück, „meine Kiste mit den braunen Schönen aus Havanna ist im Gepäcknetz liegengeblieben!" Wir sausten, lachend und uns verständnisinnig zunickend, durch Gedränge, Dampf und Lärm. Ja, ja, die Bosheit der Kleinigkeiten!

II Feinde ringsum!

Ich habe bereits im ersten Teil dieses, meines erschöpfenden und aufschlussreichen Werkes über die Plagegeister, die Höllenteufel des täglichen Ärgers, die Bosheit der Kleinigkeiten, die Ehre gehabt, Ihnen kurz meinen Onkel Hinrich vorzustellen, eine Seele von einem Menschen, der...

Nein, ich möchte das Kapitel doch lieber anders beginnen, etwa so, wie Kant und Schopenhauer ihre großen philosophischen Theoreme begannen, indem sie einleitend darlegten, was sie darzustellen und zu beweisen beabsichtigten. „Saepe stylum vertas!" pflegte der weise Horaz auszurufen, „Oft wende den Griffel", wenn du dich deinen Lesern deutlich machen willst. Mit einiger Würde und Ruhe könnte der Philosoph durch das Leben schreiten, wenn er es nur mit den kleinen Dingen zu tun hätte, jenen mehrfach vermeldeten hinwegrollenden Kragenknöpfen, verknoteten Schuhbändern, vergessenen Regenschirmen, abbrechenden Bleistiften etc. pp. desgl. usw. Ja, wenn es nur die toten Dinge wären! Aber eine ganze Welt steht gegen uns! Der Himmel selbst, der es ausgerechnet während deines dreiwöchigen Aufenthaltes an der See regnen lässt, der einen entsetzlichen Boreas mit 25 Grad unter Null aus den Einöden Sibiriens sendet, wenn der Kessel deiner Zentralheizung den Dienst verweigert, und in dem Augenblick eine milde, lachende Sonne von einem wolkenlosen Himmel über blühende Auen und über die azurblaue See strahlen lässt, da du am letzten Ferientag mit gepackten Koffern vergrämt und missmutig zum Bahnhof schreitest, um nach Berlin zurückzugondeln.

Nicht genug damit! Es sind nicht allein die toten Dinge, die sich dir voll hämischer Niedertracht in den Weg stellen, nein, auch deine Brüder und Schwestern in dem Herrn, die zu lieben dir als ehrbarem Christenmenschen anbefohlen ist, fallen dir auf die Nerven (wie du ihnen, mein Lieber, wie du ihnen!), bringen dich zur Verzweiflung, so dass es schwer wird, ihnen nicht das berühmte Wort aus dem Götz von Berlichingen zuzurufen: „Wer kein ungarischer Ochs ist, komm' mir nicht zu nahe!" Was leiden wir unter den Flegeln, den Protzen, Neidern, Habgierigen, Neugierigen, Rechthabern und Aufdringlichen, wie wünschen wir sie zum Teufel, die Vornehmtuer, die Lärmmacher, Lausbuben, Dummköpfe, Störenfriede, die Klatschtanten und hochmütigen Gänse, die Kartoffelbrei im Gehirn haben! Hol' sie alle miteinander der Geier!

Aber selbst das Viehzeug wird mitunter anmaßend und wagt es, dem Menschen, den Gott der Herr zum Meister und Gebieter über alles Getier einsetzte, lästig zu fallen, ja in unerhörter Weise zu drangsalieren. Ich weiß nicht, ob es Ihnen bekannt ist, dass selbst so eine gewaltige Persönlichkeit, ein solcher Chimborasso an Tatkraft, wie es Napoleon war, in maßlose Wut über einen Hund geriet und es dennoch nicht vermochte, ihn fortzuschaffen. Sein Weib, die schöne Josefine, besaß dieses Hündchen, dem sie den Namen Fortuné gegeben hatte. Fortuné hatte es sich angewöhnt, bei Frauchen im weichen Bett zu schlafen, ein verwöhntes Biest, das nach Eau de Pompadour roch und silbergestickte Seidenbänder trug. Jeder normale Hektor oder Nero hätte Lachkrämpfe bekommen, wenn er dieser eingebildeten Fortuné begegnet wäre; er hätte ihretwegen kein Bein gehoben. Nun kam es bisweilen natürlich vor, dass der große Napoleon zu seiner Josefine ... wie soll ich es nur gleich sagen, wie soll ich meine Worte klüglich und schicklich stellen ... Also es kam eben vor, dass Napolione seiner Liebsten zur nächtlichen Stunde Verschiedenes ans Herz legen wollte, und selbstverständlich ärgerte es ihn, Fortuné in Frauchens Bett zu finden. Sollte man es glauben, dass es dem Bezwinger Europas, dem Mann, der Könige absetzte und andere einsetzte, nicht möglich war, über das Hündchen zu triumphieren! Und ist nicht selbst ein Goethe „über einen Hund gestolpert", über jenen berühmten „Hund des Aubry", der in Weimar auf der Hofbühne seine Kunst zeigen sollte, was Goethe energisch und mehrfach, selbst dem Wunsche des Herzogs trotzend, ablehnte! Da kam es zum Bruch. Goethe legte die Leitung des Theaters nieder.

Ich bin nun doch genötigt, auf meinen lieben, Ihnen früher vorgestellten Onkel Hinrich zurückzukommen, auf Tante Christines Eheliebsten. Sie erinnern sich, dass er eine gewichtige Persönlichkeit war, seine zwei Zentner wog, als Trompeter bei den Garde-Kürassieren gedient hatte und als Vorsitzender des Vergnügungsvereins und Kegelbundes zu Krauschen an der Schnarre eine bekannte und beliebte Persönlichkeit war, trinkfest und im Besitz eines Basses von abgründiger Tiefe. Das zarte Tantchen, verspätetes Biedermeier, mit dem weißen Spitzenkragen und dem leider notwendigen Hörrohr, passte nicht recht zu ihm, obwohl er eine Seele von Mann war. Sein Ehrgeiz war eine Hühnerzucht, aber es ging ihm da so, wie mein berühmter Kölner Kollege es besingt:

„Unserm Schmitz sein neuster Schwarm
Das ist ja nun die Hühnerfarm;
Puttputtputt und Kikeriki,
Eier hat er leider nie!"

Er fand immer sehr bald, dass die Hühner zu alt wären und dass es an der Zeit sei, ein großes Hühnerbraten zu veranstalten. Die Tante, kinderlos und ein mitfühlendes Herz in der Brust, suchte die mörderischen Absichten zu hintertreiben. Ewig gab es Krach dieser Hühner wegen. Und wenn der Tag gekommen war, da sie daran glauben mussten, die Eierfabrikanten, die den Onkel durch ihren Dauerstreik verbitterten, dann packte die Tante ihre Handtasche und verließ drei Tage das Haus, um zu Malchen nach Klein-Wernikow zu verreisen und dem Greuel zu entgehen. Dann lud Onkel Hinrich seine Kegel- und Sangesbrüder ein, es brutzelte in den Pfannen, ein Achtel Bier wurde aufgelegt, die Gläser klangen, rauer Männersang stieg zur Decke auf, wildes Gelächter. Der Kalk rieselte hinter den Tapeten, alles wurde in Unordnung gebracht, und indigniert stellte die heimkehrende Tante fest, dass sie „einen Indianer" geheiratet hätte, einen Barbaren, Hühnermörder, Prasser und Zecher.

Bis zur Raserei aber kann uns das kleine Viehzeug erbittern, diese sich auf die Glatze setzenden, uns ewig umschwirrenden Stubenfliegen, diese Mücken, Ameisen, Wespen, Bienen, Kakerlaken, Wanzen, Flöhe, Motten. Wissen Sie, dass das kleine Kribbelkrabbelzeug in Feld und Wald unserem Vaterlande jährlich einen Schaden von zwei Millionen zufügt, dass allein die Kleidermotte achtzig Millionen auffrisst, dass die Fliegen in den Vereinigten Staaten von Amerika jährlich sechzig Millionen Dollar kosten, dass in Indien in einem einzigen Jahr eine runde Million Menschen der Malaria-Mücke zum Opfer fällt, dass die englische Kolonialverwaltung in Afrika jährlich mit einem Schaden von fünf bis sieben Millionen Pfund Sterling rechnen muss, den die Wanderheuschrecken verursachen?

Ich sah einmal im Zoologischen Garten in Berlin, wie seine Majestät der Löwe mit eingekniffenem Schwanz und unruhig blickendem Auge sich in eine Felsennische zurückzog, weil eine Wespe ihn andauernd umsummte. Wem fällt da nicht die Geschichte von dem stolzen Ritter ein, der in glänzendem Harnisch, mit wallendem Federbusch, den „Beedenhänder" mit den bewehrten Fäusten packend, von den Damen ringsum bewundert, in die Turnierschranken tritt! Ach, der Kühne, der Stolze! Plötzlich merkt er, dass eine Wespe in seiner Rüstung steckt, in dieser verdammten Konservenbüchse, die ihn umhüllt, und das dieses Biest ihm an den allerverborgensten Stellen seines Leibes, die zu nennen die Delikatesse verbietet, mordsmäßige Stiche versetzt. Da verlässt er ergrimmt, verdutzt und verdattert, eilfertig den Schauplatz ritterlicher Taten, um sich hinter den Kulissen das ganze klirrende Zeug vom Leib zu reißen, ein geschlagener Mann, ein Gespött der Frauen und Jungfrauen, der Knappen und Knechte. Acht Tage hat er den zerstochenen und verbeulten Hintern in einer Kufe mit kaltem Wasser gekühlt.

Was ärgern dich die Mücken und Ameisen, wenn du glaubst, mit deiner Liebsten tief im verborgenen Wald, wo der Herrgott ein Auge zudrückt, ein verschwiegenes Plätzchen erwischt zu haben. Deine Schöne reißt dir aus! Wer will es ihr verdenken! Was für nächtliche Tragödien haben Wanzen und Flöhe angerichtet, welche Feder vermöchte das alles mit gebührender Dramatik festzuhalten! Aber dennoch, das darf ich wohl, ohne Widerspruch befürchten zu müssen, hier aussprechen, ehrengeachteter Bruder und holdselige Leserin, macht uns der König dieser Erde, der Mensch, am meisten zu schaffen. Der Mensch leidet am Menschen! Wie viele Philosophen haben das auf tiefgründige Weise in geistvollen Werken dargelegt, wie könnte man ein Buch über den täglichen Ärger und über die Plackereien des Daseins schreiben, wenn man das einfach mit dem verhüllenden Mantel christlicher Nächstenliebe überdeckte! Singt nicht schon der alte Homer: „Siehe, kein Wesen ist so unbeständig und voll Widersprüche, von allem was lebt und webet auf Erden, als der Mensch, der den Göttern sich nah fühlt!"

Vor einiger Zeit haben die Astronomen einen Stern entdeckt, der nur einen Durchmesser von fünfhundert Metern hat! Es ist das einer von jenen kleinen Planeten („Planetoiden"), die im Raum zwischen Mars und Jupiter um die Sonne kreisen und von denen es tausende gibt. Eine Welt von einem halben Kilometer Durchmesser! Man kann da in einer Viertelstunde vom Nordpol zum Südpol wandern, eine „Reise um die Welt" dauerte kaum eine halbe Stunde. Herrlich! Das wäre ein Stern für mich. Ich habe immer jene amerikanischen und holländischen Millionäre beneidet, die sich eine kleine Insel kauften, irgendwo an einer entzückenden Küste, sich da ein Buen retiro schufen und ihren Mitmenschen das berühmte Wort des Archimedes zuriefen: Noli turbare circulos meos! Störe meine Kreise nicht! Mach, dass du fortkommst! Hol dich der Geier! Ja, jedem seine Privat-Erde, einen eigenen Wohnstern! Das wäre eine Lösung vieler Probleme für verknurrte Isegrimme, die den ganzen Trara satt haben. Der alte Rentner Trübelhorn, ein Original und Misanthrop, hatte an der ganz überwucherten Tür seines weiten Gartens, in dessen Mitte seine Bude stand, ständig ein Schild angebracht: „Bin auf Reisen!" Später ersetzte er es durch ein anderes, auf dem die Worte standen: „Werde heute eingeäschert!" Dieser kleine Planetoid wäre für Trübelhorn die richtige Welt gewesen. Da gibt es keine Autos, kein Telefon, keine Straßenbahn, keine Krafträder, da werden keine Teppiche geklopft, surren keine Flugzeuge, hast du nicht das wütende Hundegekläff bei deinem Nachbarn zu befürchten, stört dich kein Briefträger, kein Steuereinnehmer, Gerichtsvollzieher, und keine Musik-Wasserleitung quäkt dir, während du gerade zuschaust, wie in der Abenddämmerung die Scheibe des Mondes still über Baumwipfeln emporsteigt, per Lautsprecher den Schlager ins Ohr: „Ach, liebe Adelheid, dir wird dein Kleid zu weit ..." Jeder könnte da, um mit Goethe zu sprechen, „ein Narr auf eigne Hand sein".

Einer meiner Freunde, der lange in Afrika gelebt hat, erzählte mir, dass die Gorillas, die großen menschenähnlichen Affen, sich, wenn sie alt werden, von der Herde, von ihren Genossen trennen und zu sehr bösartigen, verknurrten Einsiedlern werden. Sie haben es satt, mit ihren Weibern schön zu tun, auf die Affenkinder aufzupassen, dem Geschrei und den ewigen Streitigkeiten der Genossen zuzuhören, sie sagen, wie seinerzeit König Friedrich August von Sachsen, als er sich ins Privatleben zurückzog: „Macht euch euren Krempel alleene!" Nun, es gehört schon eine ziemliche Dosis Humor, Lebensphilosophie und unbekümmerte Jugendfrische dazu, um in unserer so kompliziert und laut gewordenen Welt, mit ihrer erstaunlichen Fülle der Gesichte, dem unerhörten Tempo ihrer Veränderungen, auch für sein eigenes Herz auf seine Rechnung zu kommen. Das brausende Leben führt uns unablässig mit allen nur denkbaren Menschentypen zusammen, mit Charakteren sehr unterschiedlicher Art, wir müssen mit ihnen auskommen, sie mit uns, tausend Reibungsflächen ergeben sich im Kleinkrieg des Daseins. Welche Fülle von Ärgernissen im täglichen Geschehen, wenn wir ihnen nicht mit der Abgeklärtheit des Philosophen, mit dem Humor des Lebenskünstlers begegnen:

„Ob Plackerei mit Flegelei,
Ob Schererei mit Polizei,
Bleibt stets dir der Humor nur treu,
Wird alles Spielerei!"

Am meisten fallen uns die Lärmbolde und Schwätzer auf die Nerven, die Flegel und Egoisten, die Rechthaber, die Klatschbasen beiderlei Geschlechts und die Aufdringlichen. Vor einiger Zeit traf ich vor der Fernsprechzelle auf einem öffentlichen Platz in Berlin einen kleinen, korpulenten Herrn, der mir durch sein verstörtes Wesen auffiel. Er rannte gestikulierend mit kleinen Schritten auf und ab, schlug die Hände zusammen und warf hilfesuchende Blicke zum Himmel empor. Als ich stehen blieb, schüttete er mir sein Herz aus. „Es ist, um auf die Bäume zu klettern, mein Herr", sagte er, „derlei müsste polizeilich verboten werden! Was nützen alle diese Schilder, die dem Publikum zurufen: ,Fasse dich kurz!' Ich habe meinem Geschäftsfreund eine ganz wichtige Mitteilung zu machen, ein großer Auftrag steht auf dem Spiel, nun renne ich schon über eine Viertelstunde auf und ab. Eine Dame steckt in dieser verteufelten Meckerkiste und unterhält sich mit ihrer Freundin. Sie hat im Anfang des Gesprächs mit ihr eine Verabredung getroffen, dass sie sich in einer halben Stunde in einem Café treffen wollen, aber nun erzählt sie ihr schon zehn Minuten lang die neuesten Klatschgeschichten aus dem Kreise ihrer gemeinsamen Bekannten; ihre Klatschsucht erlaubt ihr nicht, diese eine Viertelstunde noch abzuwarten. Man könnte zerspringen, aus der Haut fahren! Mein mehrfaches, ungeduldiges Klopfen hat sie nicht beachtet. Nur ungern fängt ein Gentleman mit einer Dame Händel an!"

Ich blickte in den Kasten hinein und sah ein aufgedonnertes und angemaltes Püppchen stehn, das sich nun noch mit Spiegelchen und Lippenstift beschäftigte und die Handschuh überzog, ehe sie endlich die Zelle freigab.

Das ist eines von den alltäglichen kleinen Ärgernissen, eine von den unzähligen winzigen Sägen, die an unseren Nerven herumraspeln. Einst, in einer geruhsameren Zeit, waren wenigstens die Damen dem allgemeinen Kampf entrückt; es war die Zeit liebenswürdiger Galanterien, die wir heute zu belächeln pflegen, in der Periode der „goldenen Rücksichtslosigkeiten", für die man auch einen härteren Ausdruck gebrauchen könnte. Wie spaßig muss es gewesen sein, als die Kaiserin Elisabeth von Österreich, bei einem ländlichen Fest in der Nähe von Wien, wo alle Leute ringsum Würstchen mit Kraut aßen, aus Höflichkeit auch Würstchen mit Kraut verlangte, zum Entsetzen der Hofdamen und Kammerherren. Sie hat uns leider nicht verraten, ob ihr das nicht besser geschmeckt hat, und sei es nur der Abwechslung halber, als der getrüffelte Fasan, den sie daheim gehabt hätte!

Es gibt eine Höflichkeit des Herzens, die von allen Sprachen des Erdenrundes verstanden wird und ohne welche die Welt sehr arm und sehr kalt wäre. Die wollen wir uns bewahren, ja, sie dürfte sogar in der heute recht rau gewordenen Atmosphäre wieder etwas mehr betont werden. Der alte Wilhelm, der König von Preußen, springt in Bad Ems hinzu, um ein paar einfachen, alten Damen die Tür zum Badehaus zu öffnen; die junge Königin Viktoria von England, die Herrscherin eines Weltreiches, hob einst auf einem Morgenspaziergang im Park einer sich tief verneigenden Parkarbeiterin die Harke auf, die ihr vom Reisigbündel, das sie auf dem Rücken trug, geglitten war. Sie tat es mit einem etwas verwundert strafenden Blick auf ihre Begleitung, die sich offenbar für zu vornehm hielt für diese höfliche Geste. Menzel, der berühmte Maler, als Mensch ein Original, auffallend durch seine Kleinheit und Zierlichkeit, pflegte, wenn er durch die Straßen des Berliner Westens schritt, ärgerlich brummend jede Apfelsinenschale mit seinen kleinen Füßen vom Gehsteig bis zum Fahrdamm zu scharren, damit niemand ausgleiten sollte auf diesen unachtsam fortgeworfenen Resten. Halt! Apfelsinenschalen! Da fällt mir die Geschichte ein, die meiner Tante Juliette passiert ist und die beweist, wie schnurrig die Menschen sind und wie sie von der Tücke der Kleinigkeiten abhängen. Die Tante war in ihrer Jugend ein forsches und bildschönes Frauenzimmer gewesen, aber sie hatte so lange „Körbe" ausgeteilt, bis sie den Anschluss verpasste. Auch hier spielt die Bosheit der Kleinigkeiten hinein! Der schon etwas ältliche Apotheker Zieseborn warb um sie, machte ihr an einem Ostersonntag einen Werbebesuch, festlich und feierlich angetan, mit funkelnagelneuem Zylinder, ja er rezitierte sogar gefühlvoll Verse aus Chamissos „Frauen-Liebe und Leben". Die Jule fing an zu lächeln, zu lachen, sie bekam schließlich fast einen Lachkrampf, denn erstens hatte Herr Zieseborn in seiner Eile und Aufregung zwei verschiedenfarbige Strümpfe angezogen, einen schwarzen und einen blauen, und zweitens saß ihm mitten auf der Stirn eine schwarze Marke von der Größe eines Zehnpfennigstückes mit der in Gold geprägten Zahl 56, der Hutweite, die zufällig auch die Zahl der zurückgelegten Jahre angab. Der Angstschweiß hatte sie auf seiner Schädelwölbung festgeklebt. Kein Wunder, dass der Apotheker wutentbrannt in seine Giftküche zurückeilte. Aber mit einer Klebemarke auf der Stirn kann man eben keine lyrischen Gedichte aufsagen, denn vom Erhabenen bis zum Lächerlichen ist nur ein kleiner Schritt!

Langsam wurde freilich auch das Julchen älter. Böse Zungen hatten den Reim aufgebracht:

Die Jule, selbstbewusst,
War einst so schön und würzig;
Am achtzehnten August,
Da wird sie dreiundvierzig!

Dennoch fand sich einer, der willens und entschlossen war, Tante Julchen zu ehelichen, nämlich der Kanzleirat Pippig. Was soll ich Sie lange mit den Präliminarien aufhalten! Pippig hatte für einen Sonntagnachmittag seinen entscheidenden Besuch angekündigt; festlich gekleidet machte er sich auf den Weg, rutschte auf einer Apfelsinenschale aus, kam zu Fall, in weitem Bogen flog ihm das künstliche Gebiss aus dem Mund, der in Kürze Worte der Liebe und Werbung in zierlicher Fassung aussprechen sollte, und zerschellte in viele Trümmer. Da kehrte er verdattert und erschlagen um. Die Tante war empört über sein Nichterscheinen, mit kaltem Zorn sandte sie alle Briefe uneröffnet zurück, und so wurde nichts aus dem Bunde.

Heute ist, wie ich mir habe sagen lassen, derlei kaum noch möglich; in Amerika gibt es schon Gebisse aus Nickelstahl, die man in den Hotels abends mit den Stiefeln zum Putzen vor die Tür wirft, und die nächst dem Sarghenkel das einzige sind, was nach einem langen Leben und langem Tode von einem Menschen bis in fernste Tage übrigbleibt.

Sie kennen die sogenannten „Klapptüren", die wir bei modernen Postämtern, Bahnhöfen usw. finden. Da kann man Studien machen über Höflichkeit und Unhöflichkeit, da kann man Menschenkenntnis erwerben. Da haben wir den Flegel, den Rücksichtslosen, der die Flügel aufreißt, hindurchstürmt und sie seinem Hintermann mit voller Wucht gegen den Kopf schleudert, ohne sich auf dessen entrüsteten Protest auch nur umzublicken. Das ist der Mann, der auch in anderen Situationen des Lebens „über Leichen geht", wie der Volksmund sagt. Da ist der Überhöfliche, der die Tür für einen ganzen Trupp Nachdrängender aufhält, von denen nicht einer „Danke!" sagt oder auf den Gedanken kommt, nun seinerseits nach dem Türflügel zu greifen, um ihn für die Nachfolgenden offenzuhalten. Das ist der Mann, der es im Leben zu nichts bringt, der gute liebe Kerl, der immer auf der Schattenseite stehen wird, von den andern ausgenutzt und belächelt. Da haben wir den Unachtsamen, den „Huschelpeter", der mit seinen Gedanken immer woanders ist. Er bekommt die Tür gegen den Kopf geschleudert, weil er nicht aufpasst, oder er schleudert sie seinerseits anderen gegen den Kopf, nicht weil er brutal ist, sondern weil er nicht bei der Sache ist; es tut ihm leid, er entschuldigt sich wortreich, und die Worte: „Passen Sie doch auf, zum Teufel noch mal!" muß er nicht nur an dieser Klapptür, sondern sein Leben lang hören. Es geht ihm nicht nach Wunsch, weil er eben ein Huschelpeter ist, auf den man sich nicht verlassen kann.

Auch die „bessere Hälfte der Menschheit" lässt sich an solchen Klapptüren studieren, und schnell erkennen wir, dass Frauen keineswegs etwa höflicher sind als Männer. Sind sie aber schon einmal höflich, dann eher dem Mann gegenüber, seltener lassen sie diese Tugend ihren Geschlechtsgenossinnen angedeihen. Da ist die Allzuschöne, die von der Natur alle körperlichen Vorzüge mitbekommen hat und der alles bewundernd nachschaut. Und gerade das wird ihr zum Verhängnis, erfüllt sie mit Eitelkeit, die völlig vergisst, dass Schönheit nicht unser Verdienst ist. Umschwärmt und verwöhnt, immer eifriger Diener gewiss, benimmt sie sich an der ominösen Klapptür wenig höflich; sie hat das nicht nötig. Aber einmal wird in ihrem Leben der Tag kommen, an dem sie begreift, dass nichts als schön sein auf die Dauer dennoch nicht genügt, und die Liebenswürdige oft der Schönen vorgezogen wird. Erst wenn kein Schwarm von Bewunderern ihr mehr die Klapptür aufhält, durch die sie erhobenen Hauptes ohne Dank hindurchrauscht, wird sie weise werden und auch verstehen, weshalb sie niemand fand, der ihr (bei allen Erfolgen) für ein ganzes Leben die Tür zum Hause des Glückes und der Geborgenheit offenhielt.

Ja, Türen haben es überhaupt in sich, man muss nur zu beobachten wissen!

Ein Mann klopfte zaghaft an die Tür, die in das Arbeitszimmer eines großen Herrn führte. Vorsichtig, Zentimeter um Zentimeter, drückte er die Klinke nieder, öffnete langsam und nur so weit, dass er sich gerade noch hindurchzwängen konnte, und ebenso vorsichtig wie er geöffnet, schloss er wieder. Er machte eine kleine Verbeugung und wartete. Der große Herr saß hinter seinem Schreibtisch und arbeitete. Er sah gar nicht auf, aber plötzlich, und ohne seine Tätigkeit zu unterbrechen, sprach er fünf Worte: „Ich kann Sie nicht brauchen!"

Der andere hörte verblüfft und entmutigt diese Worte. Unschlüssig stand er noch eine Weile, dann fasste er sich dennoch ein Herz und sagte schüchtern: „Bitte um Verzeihung, aber Sie haben mich ja noch gar nicht angehört!" und wieder, ohne sich stören zu lassen und ohne aufzublicken, entgegnete der große Herr: „Auch nicht nötig! Aus der Art, wie Sie die Tür öffneten und schlossen, entnehme ich als Menschenkenner alles Weitere. Ich brauche für den zu besetzenden Posten eine ener- gische Persönlichkeit. Ich bedaure!" Damit war die Unterredung beendet.

Ein Mann trommelte mit starken Knöcheln gegen eine Tür, er riss sie, ohne das „Herein" abzuwarten, stürmisch auf und betrat mit hartem Schritt das Zimmer. „Nehmen Sie's nicht krumm, dass ich die Formalität der Anmeldung umging, Herr Direktor, aber in dieser Zeit muss man höllisch hinterher sein, wenn man sich durchsetzen will. Ich will also gleich kurz auseinandersetzen ..."

Der Mann, der hinter dem Schreibtisch saß, nachdenksam ein schwieriges Aktenstück studierend, hob, ohne aufzusehen, eine Hand empor und unterbrach den Redestrom: „Ich kann Sie nicht brauchen", sagte er, „denn der zu besetzende Posten erfordert einen Mann von großem Takt und diplomatischem Einfühlungsvermögen, Reserviertheit und Korrektheit. Ich bedaure! Guten Morgen!" Damit war die Unterhaltung beendet. Der andere ging und schlug die Tür mit lautem Knall hinter sich zu. Den Mann hinter dem Arbeitstisch störte es nicht, denn er hatte es erwartet.

Ich will, eben die Tür öffnend, ein Café betreten, da bemerke ich hinter mit eine Dame und einen Herrn, die dieselbe Absicht haben. Ich trete höflich beiseite, die Tür für die Dame offenhaltend. Sie dankt mir mit einem kleinen, freundlichen Neigen des Kopfes und schreitet vorüber. Hinter ihr drängt sich ihr Begleiter mit hindurch. Kleine, schöne Frau, denke ich, wie kommst du zu einem so ungezogenen Kavalier? Es war eine Selbstverständlichkeit, dass er mir, der ich seiner Dame den Vortritt ließ, diese Höflichkeit vergalt, indem er nun seinerseits mir den Vortritt ließ, denn nicht ihm öffnete ich die Tür. Und wenn er hundertmal gekleidet ist wie ein Gent, er lässt die dazu gehörende gute Erziehung vermissen, er ist kein Gentleman; eines Tages wird es seine reizende Begleiterin feststellen müssen, und ein schöner Traum ist zu Ende.

Wer stand nicht schon unschlüssig vor Türen, hinter denen sich sein Schicksal oder doch Wichtiges in seinem Dasein entscheiden musste? Wer sah nicht schon Menschen aus Türen treten, vergrämt, gebrochen, mit dem Blick der Hoffnungslosigkeit? Türen, die zu Ärzten führen, hinein in Kliniken, Türen mit der Aufschrift „Rechtsanwalt und Notar". Ich sah Glückliche lachend aus den Türen von Lotteriekontoren stürzen und pfeifend die Treppe hinunterstürmen, und ich sah verlegen, zögernd und beschämt, ein kleines dürftiges Päckchen verbergend, kleine, blasse Frauen hinter Türen verschwinden mit der Aufschrift „Pfandleihe".

Türen gehen auf, Türen schlagen zu, und sie lassen tiefe Eindrücke tun in den Charakter und in das Wesen der Menschen, die durch sie hindurchschreiten. Selbst die „Wilden" (Du lieber Gott! Ich finde, sie sind recht umgängliche Leute geworden!) beschämen uns zuweilen durch Höflichkeiten, die freilich auch ihre komische Seite haben. Einmal war im Weißen Haus zu Washington eine Abordnung von Indianern aus den Reservationen empfangen und auch zu einem gemeinsamen Mahl geladen worden. Die roten Söhne der einsamen Prärien saßen mit ehernen Gesichtern, mit der ihnen eigenen Schweigsamkeit, an der festlichen Tafel. Sie hielten es für die größte Höflichkeit, die gebotene Gastfreundschaft voll anzunehmen und keine Verwunderung über das ihnen Fremde zu zeigen. Vor dem einen stand ein großes Kristallgefäß mit einer gelben Masse; es war ein besonders scharfer Senf. Der rote Mann nahm es und aß es leer. Beim ersten Löffel zuckte er einen Augenblick zusammen, dann siegten seine Tapferkeit und seine Höflichkeit. Er aß mit steinernem Gesicht, Tränen liefen ihm aus den Augen; seine Stammesgenossen hatten den tapferen Krieger nie weinen sehen, sie blickten ihn voll Verwunderung an, dann griffen auch sie zu den Senfgläsern, weil sein strafender Blick sie dazu aufzufordern schien, und die Regierungsbeamten zu Washington genossen den seltenen Anblick einer weinenden Schar von Indianerhäuptlingen, die Opfer ihrer Höflichkeit geworden waren. Ein Afrika-Reisender erzählt, dass er eine schöne Reisetasche aus buntfarbigem Geflecht besaß, eine vortreffliche Eingeborenen-Arbeit. Sie war ihm deshalb besonders lieb und wertvoll, weil sie lange einem inzwischen umgekommenen Gefährten gedient hatte, aber sie war auch schon vielfach zerrissen. Die Eingeborenen hatten gesehen und erfahren, dass diese zerrissene Tasche ihm besonders gefiel; sie begriffen das zwar nicht, aber da sie ihm ein Geschenk machen wollten, stellten sie eine ganz ähnliche Tasche her, die sie ebenfalls an den verschiedensten Stellen zerrissen, um sie dem weißen Mann genau so wertvoll zu machen.

So kann die Höflichkeit einfältiger Herzen falsche Wege gehen, und dennoch berührt sie uns sympathisch. Wir nehmen das Wollen für die Tat, beurteilen die Gesinnung und nicht die Ausführung. Sie kennen die Leute, die auf der Straße hastig an uns vorbeisausen und uns zurufen: „Hallo! Wie geht's, wie steht's?!" In der nächsten Sekunde sind sie schon weit, sie wissen schon gar nicht mehr, was sie uns zugerufen haben, und unsere Antwort haben sie gar nicht abgewartet, sie ist ihnen gleichgültig; es war nur so eine hohle Redensart, die „Grimasse des Kulturmenschen". Das hat einmal sehr hübsch ein anderer „Wilder" uns zu Gemüte geführt, jener einst bei uns so populäre Nanuk, der Grönländer, der Mann aus dem Land der Mitternachtssonne und des Polarlichtes. Amerikanische Filmleute überredeten ihn, als der Nanuk-Film gedreht wurde, mit ihnen nach New York zu ziehen. Sicher meinten es die Männer vom Film gut, aber die verzwickte Geschichte, die wir „Kultur und Zivilisation" zu nennen pflegen, ist dem einfachen, harten Kajakmann aus dem hohen Norden schlecht bekommen, sie hat ihn einfach umgebracht, schneller als alle Schneestürme und treibenden Eisschollen seiner Heimat ihn umbringen konnten. Man fragte ihn eines Tages, was ihm an den Menschen unserer Kultur am meisten aufgefallen sei. Er antwortete: „Sie reden zuviel und lauter Unnützes, und man merkt ihnen schnell an, dass es ihnen nicht ernst ist mit dem, was sie sagen. Sie begegnen einander in der Frühe und sagen ‚Guten Morgen!' aber sie wissen gar nicht, dass sie es sagen, sie denken gar nicht daran, dass sie sich einen schönen und guten Morgen wünschen, es ist eine hohle Redensart, eine Angewohnheit, hinter der nichts steckt und über die weder der nachdenkt, der sie ausspricht, noch der, dem sie gilt! ‚Hallo!' rufen sie und werfen die Arme in die Luft: ‚Wie geht es Ihnen?' Anfangs blieb ich dann stehen, um ihnen zu sagen, wie es mir geht, aber sie waren längst weitergeeilt, sie verschwanden bereits hinten im Gedränge der Straße, und ich merkte, dass es alle so machten. Es war nur so eine Redensart, sie wollten gar nicht wissen, wie es mir erging, sie täuschten diese Anteilnahme nur vor. Bei uns ist es anders. Wir treten aus unseren verschneiten Zelten mitten hinein in die Sonne und schweigen. Aber wenn wir sehen, dass des anderen Gesicht müde ist und bedrückt, so sagen wir ihm: ‚Du hast einen bösen Traum gehabt, dein Herz ist noch zugeschlossen. Lege dich ein wenig in die Sonne: um Mittag werden die Wolken verflogen sein!'"

In finde, dieser Nanuk war ein sehr guter Beobachter, und er hat recht. Der Mensch, der in der großen, freien Natur leben muss, der er Nahrung, Wohnung, Kleidung abringt, die ihn mit allen möglichen Gefahren bedroht, weiß mit all den im Grunde wertlosen Kinkerlitzchen, die wir um uns her anhäufen, nichts anzufangen, und auch das hohle Wortgeklingel, mit dem wir einander bekomplimentieren, auch da, wo wir im Herzen ganz anders denken, erscheint ihm, der immer mit beiden Beinen im Leben der harten Tatsächlichkeiten steht, als ein un-wahres und zweckloses Gerede. „Hallo! Wie geht es Ihnen?"

Heute habe ich eine höchst amüsante Geschichte in der Zeitung gelesen. Eine alte Schachtel und Klatschbase hat ein junges Ehepaar wegen Gefährdung der Sittlichkeit angeklagt. „Nanu!" pflegt in solchen Fällen der

Berliner auszurufen, der an vieles gewöhnt ist. Ein Ehepaar? Bei einem jungen Liebespaar, das sich am ungeeigneten Ort, dem Sturm der Herzen folgend, in den Armen lag, wäre das eher begreiflich! Was stellte sich bei der Gerichtsverhandlung heraus? Jene sittliche alte Tante hatte (des Öfteren mit größter Mühe in später Abendstunde in einen fremden Garten eindringend) ein Plätzchen ausfindig gemacht, von dem aus sie in die Parterrewohnung des jungen Paares hineinschauen konnte. Lassen Sie uns aus Höflichkeit hier schweigen, verehrter Zeitgenosse, und freuen wir uns, dass diese seltsame Hüterin der Sittlichkeit, vom Richter völlig auseinandergenommen und nur notdürftig wieder zusammengesetzt, rot wie ein Sack Radieschen und völlig geschlagen, mit einer Droschke nach ihrer Hexenküche zurückfuhr. Ach, wie oft ist die Tugend eine Alterserscheinung, und wie sehr treffen Wilhelm Buschs Verse zu:

Die Tugend will nicht immer passen,
Im Ganzen lässt sie etwas kalt,
Und dass man eine unterlassen,
Vergisst man bald!

Doch schmerzlich denkt manch alter Knaster,
Der von vergangnen Zeiten träumt,
An die Gelegenheit zum Laster,
Die er versäumt!

Aber ganz allgemein fallen uns Leute, die sich allzu sehr um unsere allerpersönlichsten Angelegenheiten kümmern, auf die Nerven, wir wünschen sie zu allen Teufeln, diese Schnüffler, Neugierigen, Horcher, Schlüssellochspinnen, Nachtkästchen-Detektive, Topfgucker, diese Lauscher an den Türen anderer Leute! Selbst ein Goethe hat sich damit herumplacken müssen in dem damals noch sehr kleinen Klatschnest Weimar, und er hat eine tiefe Weisheit ausgesprochen, als er einmal sagte, dass wir das aus Neugier und Klatsch Erwachsene nicht unterschätzen sollen, es erscheint uns klein, aber leider zeige die tägliche Erfahrung, dass es sehr groß werden kann! Du lieber Himmel, für was interessieren sich die Leute alles! Ob die Müllers auch wirklich verheiratet sind? Man munkelt ... es wird erzählt ... Woher Schulzes die Gans haben, die vier Tage am

Küchenfenster hing ... Weshalb Herr Krause bei der Beförderung im Amt übergangen wurde ... Hoffmanns Lieschen soll ja ... man hat es ihr aber nicht angemerkt ... Genaues ist leider nicht zu erfahren ... Meiers Möbel sollen ja „auf Stottern" erworben sein .. . Haben Sie gehört? Lehmann musste aufs Gericht ... Da stimmt doch etwas nicht...! Die Älteste von Frau Schmitz soll ja unehelich sein....

Aus allen Küchen, Schlafstuben, Portierlogen, von allen Stammtischen, Kaffeekränzchen steigt er in Schwaden auf, der Klatsch und Tratsch, als dicke Wolke liegt er über der Millionenstadt....

Ich habe mal eine köstliche Geschichte gelesen von einem, den die Neugier plagte. Leider habe ich den Verfasser vergessen und gebe sie frei aus dem Gedächtnis wieder. Ein biederer Mann fährt mit der Eisenbahn. Neben ihm steht am Boden eine kleine Holzkiste, in der es zuweilen raschelt. Gegenüber sitzt ein Onkel, der sich unendlich langweilt und weder das Pulver noch sonst etwas erfand. Endlich hält er es nicht mehr aus, und es findet folgendes Gespräch statt:

„So e Wedder hawwe mer lange net mehr gehat!"

„Ja, ja! Schön warm."

„Sie fahre woll net weit?"

„No, bis Schwarzkirchen!"

„Was hawwe Se da in dem merkwürdich Käschtle?"

Der Mann mit dem Kasten, breit, behäbig, ruhig, der bedächtig seine Pfeife raucht, guckt den Schwätzer längere Zeit stumm und ein wenig listig an, dann sagt er:

„Een Ichneumon ist da drinne!"

„Ichneumond?"

„Ja, Ichneumon. ‚Pharao-Ratte' sagen manche."

„Dunner noch amol!" (Längere Pause.)

„Awwer zu was hawwe Se den Ichneumond?"

„Nu, der frißt Mäuse und fängt sie weg!"

„Hawwe Se denn so viel Mäus bei sich derhom?"

„Ich net, aber mein Bruder, wissen Se, der sieht Tag und Nacht weiße Mäuse um sich her!"

Erschreckt schaut der Neugierige den behaglich Rauchenden an.

(Lange Pause.)

„Awwer, erlaube Se, des sind doch ka richtige Mäus, des sind doch norr eingebild'te Mäus. Wie soll denn die der Ichneumond fange?"

„Es ist gar kein richtiger Ichneumon", antwortete der Mann und nimmt seinen Kasten auf, denn der Bahnhof Schwarzkirchen kommt in Sicht. „Es ist auch gar kein richtiger Ichneumon; den habe ich mir auch nur eingebildet!"

Lange sieht der andere dem Aussteigenden nach. Dann schüttelt er den Kopf. „S'isch schon e närrische Welt", sagt er, und beschließt, die langweilige Fahrt zu verschlafen.

Überall, wo größere Menschenmassen zusammenkommen, gibt es diese kleinen Nücken und Tücken mit oft komischem Hintergrund; die Eisenbahn ist nicht selten Schauplatz schnurriger Begebenheiten.

Der Zug ist stark besetzt. Nun steigt noch jemand in das Abteil und sieht sich nach einem Platz um. Es ist noch einer frei, aber der Nachbar hat da seinen Koffer stehen.

„Bitt schön, möchten S' net Ihren Koffer da fortnehme!"

„Dös sollt ma einfalln!"

„Jo, des müssen S' einfach! Des is Vorschrift!"

„Da gibt's ka Vorschrift net, wo mich dazu zwingat!"

„Was? Donner nochamol! Dös war ich Ihna beweise!"

Der Mann saust wütend davon; nach einer ganzen Weile kommt er mit dem Schaffner zurück. Der streckt Brust und Bauch stämmig hervor und streicht über seinen Schnauzbart, der widerborstig nach vorn hängt, gleich den buschigen Augenbrauen.

„Nehmen S' den Koffer da fort, Herr! Sitzplätz derfan S' net belegn!" „Fallt ma net ein, sag ich Ihna!"

Der Schaffner reckt sich zur vollen Höhe auf, seine Augen blitzen, mit ausgestrecktem Arm und aufspießend vorweisendem Zeigefinger deutet er auf den Koffer. „Zum letztenmal sag ich's: Nehmen S' auf der Stell den Koffer weg!"

„Ja, zum Himmiherrgottsakramentsdunner-wetter nochamol, wie komm denn ausgerechnet i dazu, fremda Leuts Koffer aufzuklauben? Dös Beschwerdebuch gebn S' mer her, dös Beschwerdebuch. Dös is ma ja zu dumm, saudumm is ma ja dös, Kruzitürkn allesumeinand!"

Große Verblüffung auf allen Seiten.

Der Schaffner sieht sich ringsum. „Ja, zum Teufel", schnauzt er dann, „wem gehöret er denn dann, der lausige Koffer da?" Keiner meldet sich. In der Ecke des Abteils sitzt ein kleines Männchen mit ungeheurer Brille, ein alter Knaster, der wie ein pensionierter Kantor und Dorfschulmeister ausschaut; er hält ein kleines Büchlein, so etwas wie ein Erbauungsbuch, dicht vor die spitze Nase. Endlich scheint es dem Schaffner, als gehöre jenem der ominöse Koffer. Er rüttelt den Alten auf, brüllt ihm ins Ohr, um was es sich handelt. Wirklich, das Gepäck ist ihm zugehörig.

„Ja zum Teifel, warum haben S' denn des Ding net fortgenomma?" „Jo, mei! Mich hat keins dazu aufgefordert. Ich misch mi net in fremde Angelejeheite!"

Auf einer kleinen Reise hatte ich einmal ein Erlebnis, das zeigt, wie unnötig wir uns gegenseitig in die Wolle bringen.

Der gemütliche Bummelzug setzt sich mit gewaltigem Zischen, Prusten und Schnauben wieder in Bewegung, da betritt ein neuer Fahrgast, der bisher wohl in den anderen Abteilen vergeblich nach einem ihm zusagenden Platz gesucht, den kleinen Raum. Ein eleganter Herr mit einem hochmütigen Gesicht. Er verstaut seinen tadellosen Vollrindkoffer im

Gepäcknetz, wirft sich drüben, dem anderen Herrn gegenüber, in die behagliche Ecke, springt alsbald wieder auf und schließt mit scharfem Ruck den kleinen Fensterspalt, den wir der Hitze wegen geöffnet hatten.

Wir schauen auf und sind unangenehm berührt. Es ist wirklich drückend warm in dem engen Abteil; der verhältnismäßig junge, kräftige Mann kann doch unmöglich so luftempfindlich sein im Zeitalter des Sportes; aber wenn es wirklich so ist, so befindet er sich ja in einem „öffentlichen Verkehrsmittel", wie der Jurist sagen würde, und hätte wohl mit einigen Worten die Zustimmung der anderen Reisenden erbitten können. Da ... schon ist es aus mit der Gemütlichkeit! Der blöde kleine Alltagsstreit beginnt! Der andere springt auf und öffnet das Fenster wieder. Die beiden schauen sich an, als gehörten sie zu zwei feindlichen Indianerstämmen und hätten einander die Weiber geraubt.

„Erlauben Sie, ich hatte das Fenster eben geschlossen!"

„Weshalb denn?" „Weil es zieht!" „Merkwürdig, wir haben bisher keinen Zug verspürt. Sie müssen doch an einem so heißen Tag ein wenig frische Luft vertragen können!" „Das ist wohl meine durchaus private Angelegenheit!" „Sicher! Aber meine ist es, es hier unerträglich warm zu finden, und mit Zustimmung des Herrn dort habe ich das Fenster geöffnet!"

„Erlauben Sie, ich habe hier dasselbe Recht wie Sie!"

„Sehn Sie, das eben wollte ich von Ihnen hören! Selbstverständlich haben wir beide dasselbe Recht, und eben darum geht es nicht an, dass Sie hier hereintreten und ganz eigenwillig ein Fenster schließen, das die anderen Mitreisenden eben offen zu haben wünschen."

„Ich soll auf Ihr Luftbedürfnis Rücksicht nehmen, aber Sie weigern sich, meiner Empfindlichkeit gegen Zugluft Rechnung zu tragen! Übrigens: In Fällen, in denen sich die Reisenden nicht über derlei Fragen einigen können, entscheidet der Schaffner; ich werde mich an ihn wenden!"

„Der Schaffner, mein Herr, wird sich mit Recht in seines Busens Tiefe darüber wundern, dass ein paar Leute von einiger Bildung nicht mit einer so lächerlich kleinen Angelegenheit fertig werden und dazu einen Schiedsrichter brauchen! Ist es nicht blamabel für uns hier, wenn wir dem Beamten gegenüber zugeben müssen, dass überall der Schutzmann stehen muss, regelnd, anordnend, schlichtend? Wir sind doch sonst nicht gerade darüber erbaut, dass man unserer bürgerlichen Freiheit in kleinen Alltagsdingen Schranken setzt!"

„Ja, Sie sind es doch, der mich zwingt, die Hilfe des Beamten in Anspruch zu nehmen!"

„Durchaus nicht! Sie haben noch immer nicht verstanden, um was es hier eigentlich geht! Fenster auf oder zu, darüber ließe sich noch reden, ich protestiere vor allem gegen Ihre Eigenmächtigkeit, in der zugleich Geringschätzung gegen Ihre Mitreisenden liegt! Hätten Sie gesagt: ‚Meine Herren, ich habe das Unglück, gegen Luftzug empfindlich zu sein, würden Sie mir erlauben, das Fenster zu schließen', dann wäre die Sache sicher ganz friedlich geordnet worden. Eigenmächtigkeit ist immer verbunden mit Missachtung der Rechte anderer; Missachtung aber lässt sich ein aufrechter Mensch nicht gefallen; das ist der Kern unseres Streites!"

Der Zugempfindliche sah zu mir herüber. „Und was sagen Sie zu unserem Streit, mein Herr?"

Ich hatte lächelnd dem erregten Wortwechsel der beiden jungen Herren gelauscht, obwohl er eine jener dummen Alltäglichkeiten war, mit denen sich die Leute das Leben noch schwerer machen.

„Was ich dazu sage? Selig sind die Friedfertigen! sage ich, woraus Sie hoffentlich nicht den falschen Schluss ziehen, dass ich ein Wander-prediger bin. Selig sind die Friedfertigen! Wo kämen wir hin, wie wäre ein Zusammenleben von Millionen von Menschen auf engem Raum, wie es nun mal heute der Fall ist, möglich, wenn wir uns jeder kleinen Meinungsverschiedenheit wegen in die Haare fahren würden! Ist das Leben nicht schon schwer genug, ist es nicht voll großer und oft tragischer Probleme, liegen nicht überall fast unübersteigbare Berge auf unserem Lebensweg! Wo kommen wir hin, wenn wir schon über einen Feldstein stolpern!"

„Aber Recht muss Recht bleiben!"

„Sicher! Es fragt sich nur, was nun rechtens ist in diesem und jenem Fall. ‚Wer die Weisheit sucht, ist weise; wer glaubt, sie zu besitzen, ist ein Tor', sagt Seneca. Haben Sie übrigens schon bemerkt, meine Herren, dass hier zufällig der Zug-Empfindliche in der Fahrtrichtung sitzt, wo er vom Luftstrom, der durch das Fenster dringt, direkt getroffen wird, und der andere, dem der Luftzug angenehm ist, in der geschützten Ecke seinen Platz hat? Wie einfach lässt sich dieser Streitfall lösen. Tauschen Sie Ihre Plätze, und jedem wird sein Recht, ohne dass das des anderen geschmälert wird. Ich hoffe, Sie machen mir die Freude, mit mir zu lachen über einen köstlichen Scherz, den sich kürzlich ein Advokat in Groningen noch auf dem Sterbebette leistete. Er bestimmte nämlich letztwillig, dass all sein Hab und Gut dem Irrenhaus der Stadt zufließen solle. ‚Von den Narren hab ich's und so will ich es den Narren wiedergeben!' Das waren seine letzten Worte."

Aber wie viele gibt es doch auf der Welt, die jenem Bauer Kunz in Gellerts amüsanter Fabel gleichen, der einen ganzen Bauernhof verprozessiert, um den Streifen Feldrain zu gewinnen, den der Nachbar ihm streitig macht:

Ein letztes Urteil kommt.
O seht doch, Kunz gewinnt!
Er hat zwar viel dabei gelitten,
Allein was tut's, dass Haus und Hof verstritten,
Dass Haus und Hof schon angeschlagen sind;
Genug, dass er den Rain gewinnt.
Oh! ruft er, lernt von mir
Den Streit aufs höchste treiben;
Ihr seht ja, Recht muss endlich doch Recht bleiben!

Ja, der Mensch hat's schwer, und wenn er es leicht hat, lädt er sich aus purem Mutwillen Lasten auf den Buckel. Ich weiß nicht, ob Sie auch so einen Zorn auf die Radaubrüder, auf die Lärmbolde, die Skandalmacher haben, auf die Feinde der Stille, die Zerstörer begnadeter, gedankenreicher Versonnenheit, die seit der Erfindung des Motors, der rasselnden, donnernden, fauchenden, klappernden, kreischenden, stampfenden Maschinen, des Grammophons, des Lautsprechers, die Welt in Atem halten. Als Goethe einmal gefragt wurde, was ihn am meisten ärgere, antwortete er: „Wüstes Hundegebell!" Ach du lieber Gott, was würde er heute sagen, wenn ihm schon das stille Weimar von Anno dazumal unruhig erschien! Da ist der „Knall-Athlet", der in der Nacht eine halbe Stunde lang vor deinem Schlafstubenfenster unter einer Wolke stinkenden Dampfes sein Kraftrad probiert, da ist der Benzin-Esel, der stampft und stampft und rasselt, während sein Lenker gemütlich in der nahen Kneipe beim Frühstück sitzt. Ein ganz kompletter Narr mutet dir, während du eine ernste Arbeit vorhast, zu, alle Tanzschlager der letzten Jahre mitanzuhören, die er auf seinem Quasselkasten bei geöffnetem Fenster in die Straße hinausschmettert. Und da ist jener „Naturfreund", der (mit seiner Liebsten im Boot sitzend) an einem begnadeten, schönen und stillen Sommertag aus seinem Grammophon die entzückende Weise in die Landschaft hineinquäkt: „Widewidewit mein Mann ist Schneider, widewidewit macht schöne Kleider ..." Die Vögel hören auf zu jubilieren, es schweigt der Wind im Rohr, nicht mehr glucksen die Wellen am grünen Strand, denn zwei, die Hafergrütze im Hirnkasten haben und ja auch nicht mehr brauchen für ihr bescheidenes Dasein, können selbst hier draußen, fern der Stadt in der Sonntagsstille, nicht ohne den Trara auskommen, der sie auch der Sorge enthebt, geistreich miteinander zu plaudern oder gemeinsam der Stille zu lauschen.

Ja, die Lärmbolde! Da hat es vor einiger Zeit in Prag einen köstlichen Prozess gegeben. Lange nach Mitternacht wurde es plötzlich im Korridor eines großen Hotels laut. Eine erheblich angedudelte Gesellschaft von Damen und Herren kam aus den Vergnügungsräumen, und unter tollem Gelächter, Gesang und Gekreisch, stolperten sie und tanzten sie durch die Gänge, hinter deren Türen simple Geschäftsleute und ermüdete Reisende die Plackerei und den Kummer des Tages verschlafen wollten. Bald da, bald dort öffnete sich eine Tür, wurden energische Rufe nach „Ruhe!" laut. Ungemein dürftig gekleidete Gestalten wurden sichtbar, es kam zu Auseinandersetzungen und schließlich zu einer regelrechten Rauferei, an der sich Männlein und Weiblein beteiligten. Hier die schwarze Partei, die Partei der bezechten Frackträger, dort die weiße Partei, die Partei der im Schlaf gestörten Hemdenmätze! Es soll köstlich gewesen sein, ein Bild für Götter! Ungeheure, sehr entblößte Rundungen wurden sichtbar, der sonst schamhaft verhüllte Südpol erglänzte nun, Hiebe empfangend, im Strahl der elektrischen Hotelbeleuchtung, und es klatschte auf nackten Backen an allen dafür vorgesehenen Körperteilen. Enorme Wogebusen verloren ihre Hüllen, Pantoffel wurden geschwungen, Seidenkleider und Frackflügel wirbelten durch die Luft, man bekam tiefe Einblicke in delikate Verborgenheiten. Das Hotelpersonal, die Polizei kamen hinzu, später die Gerichte, eine ganze Stadt lachte am Ende über die tolle Geschichte.

Ja, wie ernst wäre das Leben, wenn man nicht über seine Narrheiten mitunter aus voller Kehle lachen könnte! Freilich, es teilt unausgesetzt

Backpfeifen aus, aber der rechte Philosoph lacht nicht „weil", sondern „trotzdem". Kürzlich erlebte ich, wie einer Backpfeifen en gros zum Selbstkostenpreis bezog!

Wenn einer an einem schönen Sommersonntag, bald nach Tau und Tag, und während die Vögel in den Zweigen jubilieren, in einer halben Stunde vier Ohrfeigen bekommt, dann scheint mir darin ein gewisser Widerspruch gegenüber der gesetzlich verankerten Sonntagsruhe zu bestehen, und es erheben sich Zweifel, ob der also Gemaßregelte auf diese Weise den rechten Genuss von einem lange geplanten Ausflug ins Freie erlangt. Aber der Mann, der die Backpfeifen erfunden hat (einige Affenforscher berichten, dass sogar Gorilla-Väter zuweilen ihren Jungen, wenn sie nicht folgen wollen, ein paar hinter die Löffel hauen, dass sie sich überkugeln), also der Backpfeifen-Erfinder, der, wie viele Erfinder, unbekannt geblieben ist, muss den Jugenderziehern zugerechnet werden, allen gelegentlichen Verunglimpfungen seiner Person zum Trotz, denn es hat sich immer wieder gezeigt, dass eine einzige fühlbare Ermahnung dieser Art wirksamer ist als viele kluge Worte, wenn auch Busch seinen Rektor Debisch sagen lässt: „Oberflächlich ist der Hieb, nur des Geistes Kraft allein dringet in die Seele ein!"

Der pfiffige, sehr robuste und eigenwillige Junge, der diese vier kleinen Backenstreiche erhielt, gehörte zu jenen, von denen Busch sagt, dass sie „auf Vorrat und schon vor der Tat" ein paar Hiebe beziehen müssen, um den Tatendrang zu dämmen. Die erste Watschen bekam er, weil er im fahrenden Zug die Tür öffnete; die zweite war fällig, als er seine Stiefel auf dem Sitzpolster blankputzte, die dritte war unausbleiblich, als er der gegenübersitzenden Dame den Aschbecher mit allen seinen Resten auf den Schoß entleerte, und da er bald darauf ein zweites Mal die Abteiltür zu öffnen suchte, knallte es zum vierten Mal. Hier aber war für mich die Ouvertüre zum Sonntagsausflug beendet, denn ich verließ den Wagen, um durch die Wälder zu wandern. Aber geschmunzelt habe ich doch! Nicht aus Schadenfreude, sondern weil ich der eigenen Jugend und der selbst empfangenen

„Tachteln" gedenken musste, die mitunter nur kleine, zarte, missbilligende „Pfötchen" waren, wie die Mutter sagte, sich indessen bei bedeutsamen Anlässen, nach der fachmännischen Bezeichnung meines Vaters, zu „strelitz-mecklenburgischen Bauern-Backpfeifen" auswuchsen. Nun, sie haben mir nichts geschadet, und selbst König Friedrich August von Sachsen, der viel mit seinen Kindern spazieren ging, hat ihnen zuweilen vor allem Volk eine heruntergelangt.

Ich habe bei meiner Wanderung durch den morgenfrischen Wald viel über die eigene Jugend mit all ihren kleinen Freuden, Leiden, Torheiten, nachdenken müssen, und habe gefunden, dass das Leben später, wenn die Eltern ihr Züchtigungsrecht nicht mehr ausüben können und dürfen, viel schmerzlichere Backpfeifen verpasst. Es dauert lange, ehe man sich in der komplizierten Welt zurechtfindet, und zunächst einmal wird man in ihr so oder so verprügelt, stößt man sich Beulen und schrammt man sich die empfindsame Haut ab. „Man kauft nur um des Lebens Preis die

Kunst, das Leben recht zu brauchen!" Die Jugend will es nicht glauben, sie steuert in den Ozean mit tausend Masten, um später, dem Greisenalter nahe, „still, auf gerettetem Boot", in den Hafen hineinzutreiben, und wenn sie dann den Mut zur Ehrlichkeit hat (der andere Mut ist leichter!), sagt sie, dass die Alten doch recht hatten.

Genau so ging es mir! Die erste Backpfeife meines Lebens war die, die Entdeckung machen zu müssen, dass meine Alten daheim nicht ganz so „verkalkt" und ahnungslos waren, wie ich weltkluger Jüngling von 18 Jahren es mir gedacht hatte. Lächerlich, hatte ich zu mir gesagt, wenn sie den Versuch machten, mir ihre Weisheiten über Welt, Menschen, Verhältnisse nahezubringen. Das alles mag ja „Achtzehnhundert Leipzig-Einundleipzig" so gewesen sein, aber heute ist das alles anders. Die guten Alten sind überlebt, jetzt werden wir das schon machen! Aber einen Reinfall nach dem andern erlebte ich und eine Beule nach der andern stieß ich mir, und es zeigte sich, dass sich zwar die äußeren Dinge, nicht aber die Menschen seit den Jugendtagen meiner Eltern geändert hatten. Und nachdem ich die erste Erkenntnis-Backpfeife weg hatte, fand ich, dass die Alten ganz verständige Menschen wären.

Eines Tages „floh ich der Brüder wilde Reihn". Die Mädchen, sagte ich, sind viel netter, sie sind sanft, sie sind viel gütiger, und wie still und bescheiden hören sie zu, wenn man ihnen etwas von den Wundern der Welt erzählt, wie sie in den Büchern stehen. Eine fand ich besonders anziehend, schön und stolz; „errötend folgte ich ihren Spuren und war durch ihren Gruß beglückt". Was sind meine Freunde für rohe Burschen diesem Mädchen gegenüber, sagte ich mir. Welche Anmut der Bewegungen und Ausdrucksweise! Die Eltern warnten, ältere Freunde warfen Schatten über das lichte Bild. Ach, „Es liebt die Welt das Strahlende zu schwärzen und das Erhabne in den Staub zu ziehn!" Die Dame sagte mir, ich sei noch sehr jung, aber ich erklärte, dass das ein Fehler wäre, der mit jedem Tag geringer würde. So ließ sie mich gnädig gewähren, wenn ich ihr meine Verehrung in vieler Gestalt zu Füßen legte, was in Anbetracht meiner Jugend eine

kostspielige und für meine eigene Weiter-
entwicklung bedenkliche Sache war. Damals
machte ich sogar Gedichte, die ich (aber nur
ich allein!) für beachtliche Zeichen meines
Talentes ansah. Ein gütiges Geschick hat
verhindert, dass sie der Mit- und Nachwelt zu
Gesicht kamen! Eines Tages sah ich die Dame
meines Herzens mit einem wesentlich reiferen,
eleganten Herrn prominieren, ja, sie fuhren
schließlich in einer Droschke erster Klasse
davon. „Sagte ich Ihnen nicht, dass Sie noch
zu jung seien?" schrieb mir die Umworbene.
„Leben Sie wohl und werden Sie was!" Das
war die zweite Backpfeife des Lebens.

Da vergrub ich mich zwischen Büchern und
studierte alles Wissen der Welt, der
sichtbaren und der unsichtbaren, „dass mir
durch Geistes Kraft und Mund noch manch
Geheimnis werde kund!" Schließlich kam ich
mir derart weise und gelehrt vor, dass ich's
nicht länger bei mir behalten konnte; ich
schrieb mit heißen Wangen eine kühne
Abhandlung über Welt und Menschen und
legte sie einem Hochgelehrten vor. Der Weise
lächelte gütig. „Ich lobe Ihren Eifer, junger

Mann", sagte er; „wenn Sie mit Fleiß und Ausdauer weiterstudieren, wird es schon noch später mit Ihnen leidlich werden! Aber das da ... verbrennen Sie schleunigst! Es sind Narrheiten eines Anfängers, der etwas will, was er noch nicht kann. Im Übrigen will ich Ihnen helfen!"

Das war die dritte Backpfeife, und sie brannte so, dass man noch monatelang alle fünf Finger sah.

Genau genommen, und ich glaube, Sie werden mir da beistimmen, wenn Sie selbst die holde Jugend hinter sich ließen, hört die Backpfeifenzeit selbst bei grauen Haaren nicht auf. Das Leben langt uns immer wieder, ehe wir uns versehen, eine herunter! Wie spät erkennen wir, dass die Vornehmheit nicht im Frack, in Brillantringen und in einer Zehnzimmer-Wohnung liegt, wie lange dauert es, bis wir begreifen, wie wenig Wohlhabenheit mit Glücklichsein zu tun hat, dass sie eine Sache des Herzens, nicht des Geldbeutels ist, und wie spät lernen wir zwischen Ruhm und Verdienst unterscheiden! Der Weise ist der ewige Lehrling, und nur der Narr ist schon in der Jugend Meister!

Zum Schluss aber war das Leben trotz aller Plackereien, allen Nücken und Tücken der Dinge und der Menschen zum Trotz, ein köstliches Spiel. Mit Bedauern und Wehmut sehen wir den Vorhang fallen.

Ja, ja, man hat so seine Sorgen,
Das Leben hält nicht Rosen nur bereit;
Heut streichelt's dich und malträtiert dich morgen,
Und doch, und doch ist's voller Seligkeit;
Bedenk es, Freund, und lass dich's nicht verdrießen:
Humor und Klugheit mindern alle Not,
Man sieht nur kurze Zeit die Saaten sprießen
Und ist so viele Jahre tot!

Zitate von Bruno H. Bürgel

„Der Mensch stirbt zweimal! Das erste Mal scheidet er aus dem Kreise der Lebendigen, das ist, wenn man lange gelebt hat und sozusagen alles in der Welt kennen lernte, weiter kein Unglück. Das zweite Mal aber und gewissermaßen endgültig stirbt man, wenn man aus dem Gedächtnis seiner Angehörigen, seiner Freunde, der Öffentlichkeit entschwunden ist, als hätte man nie gelebt. Das ist bitter für einen, der allzeit rechtschaffen war mit den Menschen."

„Der Mensch ist in der Tat eine tragische Gestalt, weil er pendeln muss zwischen dem Licht und der Finsternis, zwischen Sternensehnsucht und Erdgebundenheit."

„Das Genie ist ja seiner Zeit immer weit voraus, wird daher niemals von der Masse seiner Mitlebenden verstanden werden. Später, nach hundert Jahren werden dann den Gekreuzigten, Verbrannten und Verbannten Standbilder errichtet und kümmerliche Bierbäuche halten davor an Jubiläumstagen Festreden."

„Wenn ich der Komet wäre, würde ich mich mehr vor den Menschen fürchten, als die Menschen Ursache hätten, mich selbst zu fürchten."

„Im Grunde ist's der alltägliche kleine Ärger, die alltägliche kleine Sorge, die uns aufreibt im Wechsel der Zeiten, und es sind die kleinen harmlosen Freuden, die der Augenblick bringt, die uns beglücken und versöhnlich stimmen. Man muss den winzigen Acker abernten mit der Sichel der Bescheidenheit und nicht vergessen, dass alle Dinge nur aufleuchten in dem Licht, das aus uns selber kommt."

Lebensdaten Bruno H. Bürgel

- geboren am 14. November 1875 in Berlin als Kind der mittellosen Henriette Sommer und des sich nie zu seinem Sohn bekennenden Prof. Dr. Adolf Trendelenburg

- 1877 Adoption durch das Schuhmacherehepaar Gustav und Christine Bürgel

- 1887 Umzug der Familie in das damals ländliche Weißensee, wo Bürgel ungehinderten Kontakt zur Natur bekommt und erste Beobachtungen durchführt

- Schulentlassung 1889, für kurze Zeit Arbeit in der Schusterwerkstatt des Vaters, Lehre als Steindrucker und Lebensunterhalt als Fabrikarbeiter, später arbeitslos

- Interesse für Naturwissenschaften, mit einem bescheidenen Fernrohr macht er eigene, aber längst bekannte „Entdeckungen"

- Nach der Lektüre eines Buches von Max Wilhelm Meyer, dem Direktor der Urania-Sternwarte Berlin, bittet Bürgel ihn „Diener im Tempel der Urania" zu werden

- 1894 Beginn der Tätigkeit bei der Urania als Hilfskraft (Saaldiener), dort intensive Selbstbildung

- 1897 erste Schritte als Schriftsteller

- 1900 Ende der Tätigkeit bei der Urania

- bis 1919 redaktioneller Mitarbeiter verschiedener Verlage

- 1901 Heirat mit Frau Franziska Bürgel

- 1902 Geburt des Sohnes Walter Bürgel

- 1903 - 1905 Besuch von Gastvorlesungen an der Berliner Universität auf Empfehlung von Prof. Wilhelm Foerster, dem Direktor der Königlichen Sternwarte Berlin

- 1910 erscheint sein Hauptwerk „Aus fernen Welten"

- 1919 erscheinen seine Lebenserinnerungen „Vom Arbeiter zum Astronomen"

- bis 1947 erscheinen insgesamt 22 Bücher mit 2 Millionen Exemplaren, die z.T. in neun Sprachen übersetzt wurden

- Bürgel hält insgesamt rund 2000 Vorträge in etwa 350 Städten, es erscheinen rund 3000 Beiträge für Zeitungen und Zeitschriften, auch Rundfunkbeiträge

- Bruno Hans Bürgel vollendet am 8. Juli 1948 sein schaffensreiches Leben

Bibliografie Bruno H. Bürgel

- „Himmelskunde" im Rahmen des Sammelwerkes Bibliothek des allgemeinen und praktischen Wissens, Berlin 1907
- **„Der Komet Halley"**, Berlin 1910
- **„Aus fernen Welten – Eine volkstümliche Himmelskunde"**, Berlin 1910
- **„Vom Arbeiter zum Astronomen – Die Lebensgeschichte eines Arbeiters"**, Berlin 1919
- **„Die seltsamen Geschichten des Doktor Uhlebuhle – Ein Jugend- und Volksbuch"**, Berlin 1920
- **„Doktor Uhlebuhles Abenteuerbuch – Erzählungen für Jugend und Volk"**, Berlin 1928
- **„Der Stern von Afrika – Ein Roman aus dem Jahr 3000"**, Berlin 1921
- **„Gespenster – Ein spiritistischer Roman"**, Berlin 1921
- **„Menschen untereinander – Ein Führer auf der Pilgerreise des Lebens"**, Berlin 1922
- **„Die Zeit ohne Seele – Ethik im Alltag"**, Leipzig 1922
- **„Du und das Weltall"**, Berlin 1923
- **„Im Garten Gottes – Wandertage und Plauderstunden eines Naturfreundes"**, Berlin 1924

- „Weltall und Weltgefühl", Berlin 1925
- „Die Weltanschauung des modernen Menschen", Berlin 1932 (spätere Auflagen unter dem Titel „Das Weltbild des modernen Menschen")
- „Die kleinen Freuden – Ein besinnliches Buch vom Glück im Alltag", Berlin 1934
- „Sterne über den Gassen", Roman, Berlin 1936
- „Hundert Tage Sonnenschein – Ein Buch vom Sonntag und Alltag des Lebens", Berlin 1940
- „Vom täglichen Ärger – Ein Lesebuch für Zornige, Eilige, Huschelpeter und lachende Philosophen", Leipzig 1941
- „Saat und Ernte – Betrachtungen über Leben und Tod", Berlin 1942 (spätere Auflagen unter dem Titel „Anfang und Ende")
- „Der Weg der Menschheit", Halle 1946
- „Der Mensch und die Sterne", Berlin 1946
- „Die Fackelträger", Berlin 1947

Nachbemerkung des Herausgebers

Der Schriftsteller Bruno H. Bürgel begleitet mich seit frühester Jugend. Mein Vater schenkte mir damals die Anthologie „Mensch im All", seither gehört Bürgel zu „meinen" Autoren, die ich immer wieder gern lese. Viele seiner Texte sprechen mir aus dem Herzen, haben mein Denken beeinflusst.

Heute sind zwar seine populärwissenschaftlichen Werke teilweise bereits überholt. Die des schnurrigen und kauzigen Alltagsphilosophen aber keineswegs. Bürgel weiß um die Schwächen seiner Mitmenschen und nimmt sie aufs Korn. Auch wenn der Stil nicht mehr ganz zeitgemäß erscheint, sind seine Plaudereien noch immer amüsant zu lesen.

Nachdem nun siebzig Jahre nach Bürgels Tod das Recht an seinem Werk zum Allgemeingut wird, ist es möglich, seine Schriften nochmals herauszugeben. Möge das vorliegende Büchlein ein Anfang sein, sich mit dem „Weisen aus Babelsberg" wieder neu zu beschäftigen.

„Vom täglichen Ärger" erschien erstmals 1941. Es ist von zeitlosem Humor und besitzt auch heute in unserer technisierten Welt seine volle Gültigkeit.

Matthias Stark